KB110827

세 가지 소원

세 가지 소원

박완서

마음산책

세 가지 소원

1판 1쇄 발행 2009년   2월 20일
1판 16쇄 발행 2022년 12월 10일

지은이 | 박완서
그린이 | 전효진
펴낸이 | 정은숙
펴낸곳 | 마음산책

등록 | 2000년 7월 28일(제2000-000237호)
주소 | (우 04043) 서울시 마포구 잔다리로3안길 20
전화 | 대표 362-1452 편집 362-1451   팩스 | 362-1455
홈페이지 | www.maumsan.com
블로그 | blog.naver.com/maumsanchaek
트위터 | twitter.com/maumsanchaek
페이스북 | facebook.com/maumsan
인스타그램 | instagram.com/maumsanchaek
전자우편 | maum@maumsan.com

ISBN 978-89-6090-052-3 03810

* 책값은 뒤표지에 있습니다.

이야기 선물을 마련해 놓고
아기를 기다리는 할머니의 마음은
마냥 찬란하기만 합니다.

70년대 초부터
최근까지,
짧은 이야기

　여기 실린 글들은 70년대 초부터 최근까지 콩트나 동화를 청탁받았을 때 쓴 짧은 이야기들을 모은 것입니다. 책으로 묶어 한 번 출판한 적도 있는데 최근에 그게 절판된 걸 알고 속으로 많이 아쉬웠던 차에 마침 〈마음산책〉 출판사의 눈에 띄어 이렇게 다시 내게 되었습니다. 과분한 새 단장을 감사하는 마음으로 최근에 쓴 걸 몇 꼭지 더 보탰습니다.

　절판된 걸 알고 마음이 아렸던 것은, 비록 짧은 이야기지만 그 속에 담아내고자 했던 작가의 숨은 뜻은 그 글이 나왔던 당시보다 오늘날 더 유효할 것 같은 안타까움과 자부심 때문이었습니다.

　명랑하고 활달한 그림으로 책을 빛내 주신 화가 전효진 님에게 감사하며 〈마음산책〉의 눈썰미가 헛되지 않기를 빕니다.

2009년 2월
아치울 오두막에서
박완서

□ 차례 □

큰 네모와 작은 네모　11

세 가지 소원 ● 19

참으로 놀랍고 아름다운 일 ● 33

다이아몬드 ● 57

아빠의 선생님이 오시는 날 ● 75

산과 나무를 위한 사랑법 ● 87

쟁이들만 사는 동네 ● 115

보시니 참 좋았다 ● 127

찌랍디다 ● 141

굴비 한 번 쳐다보고 ● 163

큰 네모와 작은 네모

미술시간이 끝나고 아이들이 제출한 그림을 한 장 한 장 들춰 보시던 선생님은 슬기의 그림 앞에서 고개를 갸우뚱 손길을 멈추셨습니다.

슬기는 미술학원에 다닌 적도 없다는데 그림을 아주 잘 그립니다. 학기 초에는 아이들이 선생님 얼굴을 그리고 싶다고 해서 그렇게 하라고 했더니 별의별 선생님 얼굴이 다 나왔는데, 선생님은 그중에서 슬기가 그린 그림이 가장 마음에 들었습니다. 슬기야, 이 그림 선생님한테 선물하지 않을래? 그랬더니 슬기는 기분 좋게 으스대며 그러겠다고 했고, 지금 그 그림은 선생님 방 벽에 붙어 있습니다.

그러나 이번 그림은 좀 이상합니다. 여름방학이 끝나고 나서 첫 미술시간이라 될 수 있으면 방학 동안에 가 본 곳이나 즐거웠던 일을 그려 보라고 했는데 스케치북 한 장을 온통 짙은 하늘색으로 칠하고 그 안에 여기저기 회색 네모들이 떠 있는 그림입니다. 이게 뭘까. 하늘에 연을 날리는 그림일까. 그건 아닌 것 같습니다. 슬기는 상상력이 자유로운 아인데 여러 개의 연을 이렇게 회색으로만 칠했을 리가 없죠. 연이면 줄이 있어야 될 터인데 그것도 안 보입니다.

전에도 한번 슬기는 선생님을 난처하게 한 적이 있습니다. 가족이라도 좋고 친구라도 좋으니 자기가 가장 좋아하는 사람 얼굴을 그려 보라고 했는데 슬기는 아무것도 안 그린 흰 도화지를 냈습니다. 이럴 리가 없는데 한참 찾다가 겨우 네모난 도화지 맨 밑 한가운데서 조그만 발바닥을 발견했습니다.

선생님은 슬기를 불러 선생님이 얼굴을 그리랬지 언제 발가락 그리라고 했느냐고 물어보셨습니다. 슬기는 장난스럽

게 웃으면서 아빠 얼굴이 잘 생각나지 않아서 대신 발가락을 그렸다고 대답했습니다. 아빠는 회사 일이 너무 바쁘셔서 얼굴 보기가 어렵답니다. 기다리고 기다리던 주말에는 온종일 이불 쓰고 낮잠만 주무신다나요. 그러니까 도화지 전체가 이불인 셈이지요. 슬기가 아빠를 깨우려고 하면 아빠는 십 분만, 아니 오 분만 더 자자고 사정을 하면서 이불을 머리끝까지 뒤집어쓰기 때문에 발가락만 보인답니다.

그러고 나서 얼마 안 있다 슬기가 잊어버리고 안 가지고 온 준비물을 가지고 슬기 엄마가 학교에 오신 적이 있길래 선생님은 혹시나 슬기 아빠가 슬기에게 너무 무심한 게 아닌가 걱정이 되어 넌지시 그 그림 얘기를 하셨습니다.

슬기 엄마도 슬기처럼 명랑한 분입니다. 소리 내어 웃으시면서 말씀하셨습니다.

"글쎄 우리 애가 그렇게 엉뚱하답니다. 슬기 아빠가 회사 일이 좀 바쁘긴 해도 아이들이 얼굴 잊어버릴 정도는 아니지요. 휴일은 어떡하든지 아이들하고 같이 보내려고 얼마나 노력을 한다고요. 저도 그 그림 봤어요. 이거 너무하는 거 아니냐고 했더니 아빠가 그런 아빠 될까 봐 미리 경고하는 거라고 능청을 떨면서 떡하니 아빠 머리맡에 붙여 놓지 뭡니까."

그래서 선생님과 슬기 엄마는 한바탕 웃고 말았습니다. 그런 장난꾸러기가 그린 그림이니 혹시 보는 사람을 웃길 기발한 뜻이 담겨 있는 게 아닌가 해서 선생님은 연방 고개를 갸우뚱. 어려운 수수께끼를 풀려는 어린이 같은 표정이 됩니다. 아무리 생각해도 수수께끼가 풀리지 않자 선생님은 슬기를 불러다가 그 네모난 것들이 무엇인지 물어보셨습니다.

"방학 때 놀러갔던 바다에서 헤엄치는 갈치잖아요. 갈치는 제가 제일 좋아하는 생선이거든요. 그 맛있는 갈치가 바다에서 난다는 걸 엄마가 가르쳐 주셨고요. 안 가르쳐 주셨어도 거기가 갈치의 고향이라는 걸 알았을 거예요. 바다에선 엄마가 갈치를 씻을 때 나는 냄새가 났어요. 그렇지만 갈치가 어떻게 헤엄치는지는 못 봤어요. 엄마가 위험하다고 먼 바다까지 못 나가게 했거든요."

선생님은 슬기의 얼굴만 보고도 장난을 치고 있는 게 아니라 정말 그렇게 믿고 있다는 걸 알 수 있었습니다. 선생님은 요다음 자연시간에는 수산시장으로 현장학습을 나가서 갈치가 어떻게 생긴 생선인지 갈치의 전체를 보여 주어야겠다고 속으로 벼르셨습니다.

세 가지 소원

용구는 올해 중학생이 됩니다. 하루 빨리 어린이 취급을 면하고 싶지만 엄마 아빠는 물론 고등학생 누나까지 중학생만 되어 봐라, 지금처럼 놀게 내버려 두지 않을 테니 각오 단단히 하란 공갈협박을 시도 때도 없이 하니 중학교는 입학식도 하기 전에 정이 떨어진 지 오래입니다.

그래도 용구는 엄마 아빠의 아들인 게 참 다행스럽습니다. 용구반 아이들이 거의 다 6학년 2학기부터 중학교 교과서로 과외공부를 하는 걸 보면서 느낀 용구의 생각입니다. 어떤 아이는 용구네가 가난하지도 않은데 중학교 공부를 미리 안

시키는 게 이상한지. 너 혹시 얻어 온 아들 아니냐 하고 놀리기까지 하더군요. 용구는 그런 소리에 화낼 아이가 아닙니다. 용구는 자기가 얼마나 아빠 얼굴을 빼다 박았는지 알고 있고. 엄마 배 속에서 나온 것도 의심한 적이 없습니다. 왜냐하면 엄마한테 푹 안겼을 때 그 따습고 편안한 느낌이 엄마 배 속에 있었을 적의 기억을 생생하게 불러일으켰으니까요.

아직까지 뭘 강요한 적이 없는 엄마 아빠지만 용구가 중학생이 된다니까 생각이 좀 달라지신 모양입니다. 지난 크리스마스엔 꼭 판공성사를 받으라고 야단이시지 뭡니까. 그전엔 용구가 성사 받는 걸 너무 싫어하는 걸 아시고는 스스로 우러나서 할 때까지 기다리실 눈치였습니다. 용구가 착한 아이고 실수는 자주 하지만 타이르면 알아듣는 보통 아이라는 걸 알고 계셨기 때문일 겁니다. 그런데 이번엔 달랐습니다.

엄마는

"이제 곧 내년이고, 내년이면 넌 중학생이 된다. 중학생이 되면 뭐가 달라지느냐 하면 엄마가 더는 네 응석을 받아주지 않을 테다. 그건 아마 예수님도 마찬가질걸."

아빠는 더 무섭게 말씀하십니다.

"원래 몸에 좋은 약은 입에 쓴 법이다. 꼭 해야 할 일을 하기 싫다고 피하는 게 아니다."

결국 용구는 정해진 날 성사를 받으러 갔습니다. 고백소 앞에는 용구 또래의 아이들이 길게 줄을 서 있습니다. 용구는 좀 두렵기도 하거니와, 고백할 잘못도 없는데 거기 줄 서 있다는 게 약이 올라 무엇을 잘못했는지 돌이켜 볼 새가 없었습니다.

어느 틈에 제 차례가 되어 고백소에 들어서니 준비 없이 들어왔다는 두려움 때문에 도망치고 싶습니다. 그런데 어디선가 신부님의 음성이 들리지 뭡니까. 자세히는 못 알아들었지만 어서 고백을 하라는 말씀처럼 들려서 황급히 무릎을 꿇었습니다. 그리고 당장의 불만을 말했습니다.

"저요, 제 잘못은요, 고백성사하는 걸 싫어하는 겁니다. 왜 해야 되는지 모르겠습니다. 죄 지은 생각은 안 나고, 조그만 실수는 맨날맨날 저지르지만 고백한다고 다시는 안 저지를 자신도 없는데요."

"맨날맨날 세수는 왜 합니까. 곧 다시 더러워질 텐데."

신부님의 음성입니다. 보속은 이 해가 가기 전에 좋은 일을 세 번 하라는 거였습니다. 이상한 일이었습니다. 세 번 좋은 일 하는 건 나중이고, 성사를 보고 나니까 마음이 정말로 세수를 하고 난 것처럼 개운해지지 뭡니까. 마음에도 얼굴이 있나 봅니다.

먼저 성사를 본 앞집에 사는 진수가 기다려 줘서 같이 집으로 돌아오면서 용구는 친구는 무엇을 보속으로 받았는지 물어보았더니 묵주기도 바치는 거라고 하더군요. 용구는 묵주기도도 싫어했기 때문에 자기 보속이 가볍다고 생각하며 좋아했습니다. 그러나 좋아한 것도 잠깐. 좋은 일을 한 번도 아니고 세 번씩이나 할 자신이 없었습니다.

집에서 하는 좋은 일은 다 누나 차지였습니다. 누나는 공부를 잘해서 엄마 아빠를 늘 기쁘게 해 드릴 뿐 아니라 엄마의 설거지 도와주기, 피곤한 아빠의 어깨 주물러 드리기 등 좋은 일은 다 독차지하고 있으니까요. 또 전철 타고 기야 하는 할머니 댁에 심부름 가는 일도 누나의 몫이었는데 누나는 시키는 심부름만 하는 게 아니라 가서 할머니를 즐겁게 해 드리는 데도 특별한 재주가 있나 봅니다.

누나가 다녀오고 나면 꼭 할머니한테서 전화가 옵니다. 용숙이 재롱 때문에 얼마나 웃었는지 십 년은 젊어졌다나요. 재롱이라니. 할머니는 누나가 아직도 세 살 먹은 어린애인 줄 아시나 봅니다. 이래 놓으니 용구가 할 좋은 일이 어디 남아 있겠습니까.

용구가 진수에게 이런 고민을 털어놓았더니 진수 말이

"집에 없는 걸 집 안에서 찾으면 어떡하냐? 이 바보야. 집 밖에서 찾아야지."

그렇게 핀잔을 주면서 아주 쉬운 방법을 가르쳐 줍니다. 우리 동네 전철역 계단에 가난하고 불쌍해 보이는 사람이 셋씩이나 앉아서 소쿠리를 앞에 놓고 구걸하는 걸 너도 봤을 거다. 엄마한테 돈을 삼천 원만 달래서 천 원씩 소쿠리에 넣고 오면 좋은 일 세 번을 한꺼번에 하는 게 된다고요. 진수는 용구보다 공부도 잘하니까 머리가 그만큼 좋은가 봅니다.

용구는 뛸 듯이 기뻐하며 즉시 엄마한테 달려가서 삼천 원만 달라고 당당하게 요구합니다. 좋은 일에 쓸 거니까요. 그러나 용구가 삼천 원을 어디다 쓰려고 하는지 안 엄마는 그건 좋은 일이 아니라는 겁니다.

"너는 아무런 수고도 안 하고 엄마한테 돈 달란 것밖에 없는데 그게 어떻게 좋은 일을 했다고 할 수가 있겠니."

"난 돈을 벌 수 없는 어린이니까 할 수 없잖아?"

"그러니까 돈 안 드는 좋은 일을 생각해 봐야지. 쉽게 하려고 하니까 돈으로 때우려는 생각 먼저 하게 되는 거란다."

"시이. 좋은 일은 다 누나한테만 시키면서…… 엄마가 안 시키는데 내가 무슨 수로 좋은 일을 만들어 내."

"참 너희 엄마 못됐구나. 자식한테 좋은 일도 안 시키고. 그럼 한번 좋으신 성모님한테 부탁해 보렴. 좋은 일 좀 하게 도와주세요. 하고."

엄마의 그 말씀이 용구에게 솔깃하게 들렸습니다. 판공성사도 했겠다 성모님께도 꿀릴 게 없으니 그 정도의 부탁은 해도 되겠지. 그래서 성모님, 성모님, 좋은 일 하나만, 아니 한꺼번에 세 개만 하게 해 주세요. 이렇게 빌다가. 좋은 일

나와라. 뚝딱. 어리광도 부렸다가 온종일 중얼거리면서 다녔습니다. 그때 누나가 난처한 얼굴로 제 방에서 나오더니 막 짜증을 부리면서 엄마에게 말했습니다.

"할머니가 내일 모레 컴퓨터 실기시험을 보신다고 나보고 좀 와 보래. 나도 내일부터 시험인데 할머니가 날 쉽게 봐 주시겠어? 할머니도 참 주책이야. 지금 컴퓨터 실기시험을 봐서 합격을 하면 도대체 어디다 써먹으시겠다는 거야. 엄마 나 어떡하지? 미치겠어."

"심심하다고 구민회관으로 컴퓨터를 배우러 다니신다더니 그냥 취미로 배우시는 게 아닌가? 시험까지 보시게. 너한테도 이번 시험은 중요한 시험인데 어쩐다니."

엄마도 난처한 얼굴입니다. 이 집에서 컴퓨터 도사는 누나보다는 용구입니다. 할머니가 그걸 몰라보시다니. 용구는 그게 섭섭했지만 누나를 도와주고 싶습니다. 그게 누나에게 좋은 일이다 싶으면서 번개처럼 성모님이 기도를 들어주셨다는 확신 같은 게 생겼습니다. 대신 가기를 자청하니까 온 집안 식구가 대환영입니다. 누나는 너무 좋아 용구를 얼싸안고

펄쩍펄쩍 뜁니다.

할머니가 누나를 대신한 용구를 안 반기면 어떡하나 걱정한 것과는 달리 대환영입니다. 아이고, 내 새끼 이게 얼마만이냐고 반기신 후에는 당신 자랑부터 하십니다. 구민회관에서 하는 컴퓨터 교실에서는 실기시험에 앞서 필기시험을 먼저 봤는데 할머니는 거뜬히 합격을 하셨고, 합격자 중에서도 최고령이라고 합니다. 사람들이 그 연세에 어떻게 그 어려운 시험을 재수도 안 하고 단박에 합격했느냐고 부러워하고 축하도 해 주고 야단법석이랍니다.

아빠가 할머니의 막내고 용구가 또 아빠의 막내이기 때문에 딴 애들 할머니보다 많이 늙으셨습니다. 그런 노인네가 컴퓨터를 배워서 어디다 쓰실지 모르지만 시험에 붙고 싶어 하시는 거나 시험을 겁내시는 거나 아이들하고 하나도 다를 게 없습니다.

할머니가 실기시험을 잘 치시고 싶어 아무리 연습해도 안 되는 게 있는데 그건 한글을 치는데도 자꾸만 영어가 나오니 고물 컴퓨터 하나 얻은 게 고장이 난 것 같다는 거였습니다.

용구는 그 까닭을 단박에 알아냈습니다. 할머니는 배운 대로 양손을 다 써서 자판을 누르는 것까지는 좋은데 왼손보다 오른손을 약간 빠르게 눌러서 자음보다 모음을 먼저 치게 되어 그렇게 되는 거였습니다.

할머니는 사람은 원래 오른손이 빠르게 돼 있는데 왜 자판을 그 따위로 설계했는지 모른다고 기계 탓을 하십니다. 그래서 용구는 그건 기계 잘못이 아니라 자음을 왼쪽에 있게 만든 세종대왕 잘못이라고 했더니 세종대왕이 잘못을 저질렀을 리가 없다며 열심히 왼쪽 먼저 나가는 연습을 하셨습니다.

용구는 참을성 있게 할머니가 오른손보다 왼손을 먼저 칠 수 있도록 도와드렸습니다. 간발의 차이니까 할머니는 곧 익숙해졌습니다. 할머니는 오랫동안 지켜봐 주고 가르쳐 준 용구를 몇 번이나 칭찬하고 기특해 하면서 가다가 뭐 사먹으라고 돈을 삼천 원이나 주셨습니다.

오다가 보니 전철역 계단에 불쌍한 사람은 한 사람밖에 없었습니다. 용구는 그 사람 앞에 놓인 동전밖에 없는 소쿠리에 삼천 원을 다 넣어 줄까 하다가 천 원은 군것질하려고 남기고 이천 원을 넣어 주었습니다. 그러고 나서 비로소 성모님이 세 가지 소원을 다 이루어 주셨다는 걸 깨달았습니다.

참으로 놀랍고 아름다운 일

골목 속의 작은 집 젊은 새댁이 아기를 뱄습니다. 처음으로 엄마가 되는 것입니다. 첫아기 맞을 준비가 대단합니다.

웬만한 감기나 배탈쯤 나 가지곤 병원은커녕 약 한 봉지 안 사 먹고 견디던 엄마가 한 달에 한 번씩 꼬박꼬박 병원에 가서 아기가 배 속에 편안히 앉았나를 의사 선생님한테 진찰 받습니다. 또 배 속의 아기가 엄마의 몸에서 뼈와 살과 피를 마음 놓고 빼앗아다가 무럭무럭 자랄 수 있도록 엄마가 맛있는 것을 골고루 찾아 먹습니다.

아기를 갖기 전에 엄마는 밖에서 고된 일을 하는 아빠와

늙어서 입맛이 까다로워진 할머니를 위해 맛있는 것은 아끼고 자기는 찌꺼기만 먹었습니다. 그러나 아기를 갖고 나선 어림도 없습니다. 빛깔 곱고 향기로운 과일도, 싱싱한 채소도, 물 좋은 생선도, 맛 좋은 고기도 다 엄마의 몫입니다. 엄마는 사양하지 않고 이런 것들을 골고루 먹습니다.

엄마는 또 엄마의 몸뿐 아니라 엄마의 마음도 배 속의 아이에게 나누어 줘야 한다고 생각하기 때문에 될 수 있는 대로 넉넉한 마음을 갖도록 합니다. 마음이 넉넉해지니까 눈앞에 펼쳐지는 세상까지도 넉넉해집니다.

그전의 엄마는 담 안의 집 안만 보고, 집안일만 생각하면서 살았습니다. 청소도 담 안만 하고, 사랑도 담 안의 식구들한테만 쏟았습니다. 그러나 아기를 가진 엄마의 넉넉한 마음은 담 밖을 쓸고 담 밖을 지나는 사람들과 말없이 친해집니다.

그전의 엄마는 담 안에 떨어진 신문만 봤지, 담 밖의 신문배달 소년은 본 적이 없습니다. 지금 엄마는 넉넉한 마음으로 담 밖의 신문배달 소년에게 가장 아름답게 미소 짓고, 가끔 소년의 작고 차가운 손과 악수도 해서 소년의 하루를 그지없이 찬란하게 해 줍니다.

엄마의 배가 반달만큼 부르자 동네 사람들은 물론 친구나 친척들도 엄마의 배 속에 아기가 있다는 것을 알아보고 같이 즐거워했습니다.

이때부터 아기 마중을 위한 엄마의 일은 더욱 바빠집니다. 아기는 이 세상에 벌거벗고 태어나기 때문에 미리 마련해 놓아야 할 것이 많기도 합니다.

엄마는 그동안 모아 놓았던 돈을 아낌없이 헐어서 편안하고 따뜻한 아기 옷도 여러 벌 장만하고, 아지랑이처럼 가볍고 부드러운 아기 이불도 만들었습니다. 아기의 베개는 너무 말랑말랑해서도 너무 딱딱해서도 안 되기 때문에 고운 좁쌀로 속을 넣어 만들었습니다. 튼튼하고 빛깔 고운 목욕 대야도 사고, 눈에 들어가도 맵지 않은 비누도 사고, 꽃잎처럼 여린 아기의 살갗이 짓무르거나 땀띠 나지 않도록 보호해 줄 가루분도 샀습니다.

엄마는 그런 것들을 엄마의 돈으로 살 수 있는 가장 좋은 것으로 샀기 때문에 엄마의 주머니는 헐렁헐렁해졌습니다. 그러나 엄마의 마음은 날로 가득해집니다. 배 속에서와 마찬가지로 마음속에서도 아기가 자라고 있기 때문입니다.

아빠의 마음도 분주합니다. 아빠는 아기가 이 세상에 태어난다는 놀랍고 아름다운 일을 엄마와 함께 경험하고 싶다고 생각합니다. 그래서 먼저 아빠가 된 선배와 친구들에게 그럴 수 있는 방법을 물어보았다가 웃음거리만 됩니다. 그런 어려운 일은 여자들이 다 알아서 할 일이고, 남자들이 할 일은 아주 쉬운 일밖에 없다나요. 그것이 바로 믿음직스러운 아빠가 되는 길이랍니다.

먼저 아빠가 된 친구는 그 이야기를 매우 쉽게 했기 때문에 아빠는 덩달아서 믿음직스러운 아빠가 되는 일을 쉽게 생각했습니다. 그러나 날이 갈수록 그것은 아빠를 어렵게 만들었습니다.

아빠는 믿음직스러운 것이 무엇인가를 알기 위해 눈에 보이는 모든 것을 믿음직스러운 것과 믿음직스럽지 못한 것으로 구별해서 바라보기 시작했습니다.

아빠가 출근했다가 집으로 돌아오는 골목의 모퉁이에는 어린이 놀이터가 있습니다. 그곳에는 아이들이 온종일 놀아도 심심하지 않을 만큼 여러 가지 놀이틀이 있습니다. 더러 손잡이가 빠진 시소와 한쪽 줄이 끊어진 그네도 있습니다. 아빠는 어쩌면 아이가 그 그네에 올라서서 푸른 하늘을 향해 힘껏 무릎을 구부렸다 펼 때 그 줄이 끊어졌을지도 모른다고 생각하니 이미 지난 일이건만 등에 식은땀이 납니다. 아빠는 하나의 줄 끊어진 그네 때문에 놀이터의 다른 모든 놀이틀을 믿을 수가 없습니다.

뚜껑이 허술하게 덮인 맨홀에 사람이 빠져 죽었다는 신문 기사를 아빠는 읽었습니다. 그 기사는 아주 작았고 어떤 신문에는 숫제 나지도 않았습니다. 그러니까 그 일은 대단한 일이 아닌지도 모릅니다. 그러나 맨홀은 어느 길에나 있습니다. 아빠네 동네의 길에도 있습니다. 사람을 삼킨 하나의 맨홀 때문에 모든 길이 아빠에게는 믿음직스럽지가 못합니다.

아빠는 또 사람을 치고 뺑소니친 차와, 어린이를 꾀어내 감춰 놓고는 부모한테 돈을 달라고 한 사람에 대한 얘기도 듣습니다. 하나의 뺑소니차와 한 명의 나쁜 사람 때문에 수많은 차와 수많은 사람이 한꺼번에 아빠에게는 믿음직스럽지가 못합니다.

그뿐이 아닙니다. 아빠는 어릴 적부터 하늘의 별을 헤기를 좋아했습니다. 그러나 어른이 되고 너무 바쁘다 보니 그 일을 잊고 지냈습니다. 어느 날, 아기와 함께 다시 별을 헬 수 있기를 바라고 우러러본 하늘에는 별이 없었습니다. 아빠가 사는 도시에서는 하늘의 별을 볼 수 없게 된 지가 오래됐다는 것을 아빠는 그제야 깨닫습니다. 그것은 별이 없어져서가 아니라 흐린 유리가 눈을 가리듯이, 흐린 공기가 가렸기 때문이란 사실을 알고 난 아빠에게는 숨 쉬는 공기조차도 믿음직스럽지 못합니다.

냄새나고 더러운 강물을 보자 아빠는 수돗물도 믿을 수 없게 되었습니다.

아기는 이 세상을 믿기 때문에 이 세상에 태어나려 하고 있건만, 이 세상에는 믿을 수 없는 것 천지입니다. 만일 아기가 자라면서 그러한 것을 알게 된다면, 아기는 이 세상에 괜히 태어났다고 생각할지도 모릅니다. 이 세상에 괜히 태어났다고 생각하면서 자라는 아기는 얼마나 불쌍한 아기일까? 그런 아기의 아빠는 얼마나 못난 아빠일까? 생각만 해도 부끄럽고 부끄러워 아빠는 잠을 이룰 수가 없습니다. 이 세상에 괜히 태어났다고 생각하면서 자라느니 차라리 안 태어나느니만 못하다는 생각까지 듭니다. 그러나 아기는 이미 이 세상을 향해 출발한 뒤입니다. 아빠는 아기가 오지 못하게 막는 방법을 모릅니다. 그 방법을 다 알고 있다 해도 아빠는 이미 아기를 사랑하고 있기 때문에 그것을 써먹지는 못할 것입니다. 가까이 오고 있다는 생각만으로도 가슴을 가득 채워주는 아기를 못 오게 하다니 말도 안 됩니다.

어떻게 하면 아기가 이 세상에 태어나기를 참 잘했다고 생각하게 할 수 있을까요? 아빠는 아기에게 당장 필요한 것만이라도 믿음직스럽게 고쳐 놓아야 한다고 생각합니다. 그래서 언제 연탄 가스가 새어 들어올지 모르는 믿음직스럽지 못한 방구들을 고치고, 너무 잘 구르는 바퀴가 달린 아기 침대를 고치고, 이 세상에 대한 아기의 첫인상이 될 방 안의 벽지도 밝고 아름다운 것으로 바꾸고, 위험하거나 고장이 잘 나는 장난감은 없나, 해로운 그림책은 없나 살핍니다. 집 안의 모든 것이 믿음직스러워졌다고 생각한 아빠는 어느 날 놀이터의 그네도 고쳤습니다. 장차 우리 아기가 탈 거라고 생각하니까 집 안의 것을 고치는 것처럼 튼튼하게 고칠 수가 있었습니다.

모든 것은 만드는 방법이 다른 것처럼 고치는 방법도 달랐습니다. 그러나 고치는 마음은 한결같았습니다. 우리 아기가 믿을 수 있는 것으로, 우리 아기가 마음에 드는 것으로 만들어야겠다는 아기에 대한 사랑 말입니다. 아마 처음부터 그런 마음으로 만든 것이라면 고칠 필요도 없겠지요.

그래서 아빠는 생각합니다. 사랑하는 마음이야말로 이 세상을 믿고 살 수 있게 하는 힘이라고.

다행히도 이 세상에는 줄이 끊어진 그네보다는 튼튼한 그네가 더 많고, 뚜껑 열린 맨홀보다는 뚜껑 덮인 맨홀이 훨씬 더 많으니 믿음직스러운 것이 믿음직스럽지 못한 것보다 훨씬 더 많다는 생각도 아빠는 할 수가 있었습니다.

아빠의 사랑하는 마음은 다른 사랑하는 마음을 믿게 되고, 이제 아빠는 아기를 이 세상에 맞이하는 것이 두렵지 않습니다. 아무리 아빠가 아기를 사랑해도 다른 사랑하는 마음을 믿지 못했으면, 여전히 아기를 이 세상에 마중하는 일을 아빠는 망설이고 두려워했을 것입니다.

아기는 언제고 한 번은 집안의 사랑하는 마음으로부터 떠나 길을 잃게 될 것입니다. 모든 아기는 자라 어린이가 되고, 언제고 한 번은 집을 떠나 길을 잃게 된다는 것을 아빠는 알고 있습니다. 아기가 잃고 헤매는 길에서 뚜껑이 허술한 맨홀만 만나고 사랑하는 마음은 만나지 못한다면, 아기는 결코 이 세상에 태어나기를 참 잘했다고 생각할 수 없는 것입니다.

아빠가 아기를 마음 놓고 마중하고, 마음 놓고 사랑하기 위해서는 다른 사랑하는 마음들에 대해 새롭게 눈뜨지 않으면 안 되었습니다. 그것은 놀랍고 아름다운 발견이었습니다. 마침내 아빠는 아기가 이 세상에 대어난다는 놀랍고 아름나운 일을 엄마와 함께할 수 있게 되었습니다.

아기가 태어날 골목 속의 작은 집에는 엄마와 아빠 말고 할머니도 계십니다. 할머니는 오래오래 사셨습니다. 사람들의 행복과 불행, 태어나고 죽어 감을 수없이 보아 오시는 사이에 눈빛은 흐려지고 살갗은 고목나무의 껍질처럼 찌들고 깊게 주름졌습니다. 손발은 삭정이처럼 진이 빠져 말을 듣지 않습니다. 할머니에게 눈이 빛나고 살갗이 싱싱하고 손발이 날렵했던 젊은 시절이 있었다는 것을 아무도 믿을 수 없을 만큼 할머니는 늙었습니다. 그렇기 때문에 아기가 태어나는 놀랍고 아름다운 일을 할머니도 같이할 수 있으리라고는 엄마도 아빠도 상상조차 할 수 없었습니다.

그러나 할머니는 그렇지 않습니다. 할머니는 벌써부터 아기에게 줄 선물을 준비하고 있습니다. 그것이 눈에 보이는 선물이었다면 그렇게 감쪽같이 몰래 하지는 못했을 겁니다. 할머니의 몸놀림은 어줍고 굼뜨니까요. 그 선물은 눈에 보이지 않습니다. 그러니까 돈 주고 살 수도 없습니다. 그러나 할머니는 그 선물이 돈 주고 산 어떤 선물보다 아기를 행복하게 할 것이라고 속으로 흐뭇해 하는 마음이 대단합니다.

할머니가 몰래몰래 마련하고 있는, 눈에 보이지 않으나, 눈에 보이는 어떤 선물보다도 으뜸가는 선물이란 다름 아닌 이야기입니다.

할머니는 많은 이야기를 알고 있습니다. 할머니의 할머니로부터 들은, 할머니의 할머니의 할머니의…… 할머니 적부터 수없는 할머니의 입을 통해 전해 내려온 이야기는 더러는 잊어버리기도 했지만, 더 많이 보태지고 새롭게 만들어졌기 때문에 그 부피는 어마어마합니다. 그러나 부피만 어마어마할 뿐 그 이야기들은 오래전에 이야기의 목숨인 꿈을 잃었기 때문에 죽은 것이나 마찬가지입니다. 이야기의 꿈은 어린이와 만나, 어린이 속에 들어가 어린이의 꿈이 되는 것입니다.

할머니는 오랫동안 어린이와 만나지 못해서 죽어 버린 이야기들을 살려 내지 않으면 안 됩니다. 아직 태어나지 않은 손자 손녀들을 위해 꼭 살려 내지 않으면 안 됩니다. 할머니는 많이 늙은 것만큼 많이 지혜롭기 때문에 결코 그 일을 서두르지 않습니다. 서두름이야말로 서투른 짓이라는 것을 할머니는 알고 있습니다. 그래서 천천히 조심조심 죽어 버린 이야기들을 건드려도 보고 따뜻한 입김을 불어넣어도 봅니다.

아직 태어나지도 않은 아기가 할머니의 마음속에서는 벌써 아장아장 걸음마를 하기 시작합니다. 할머니는 아기의 걸음마를 따라 오래간만에 마당으로 내려갑니다. 마당에는 마침 빨간 장미꽃이 피어 있습니다. 할머니는 아기에게 이야기를 시킵니다.

"꽃, 꽃, 꽃……."

아기의 작은 입이 그 소리를 흉내 냅니다.

그 다음에 할머니는 조금 긴 이야기를 시킵니다.

"빨간 꽃, 빨간 꽃……."

아기는 그 긴 이야기를 따라 하지 못합니다. 그러나 생전 처음 빨간빛을 보는 기쁨으로 눈은 빛나고 볼은 상기됩니다.

할머니는 이제껏 너무 많은 빨강을 보아 왔습니다. 빨간 꽃, 빨간 사과, 빨간 고추, 빨간 치마, 빨간 신호등, 빨간 피…….

이렇게 빨강을 수없이 거듭해서 보는 동안에 빨강은 점점 시들해지고 마침내 사위어 재가 된 지 오래입니다. 그러나 처음 고운 빛깔을 본 아기의 기쁨을 같이 느끼고 싶은 나머지 할머니에게 기적이 일어납니다.

다 사위 재가 다시 노을처럼 곱게 타오르기 시작한 것입니다. 할머니는 오랜만에, 정말로 오랜만에 본 대로 느끼게 된 것입니다.

할머니는 아기와 함께 예쁜 꽃을 보며 황홀한 기쁨을 맛봅니다. 기쁨은 할머니의 둔해진 마음의 운동을 활발하게 하고 잠자던 상상력을 불러일으킵니다.

할머니는 하늘을 물들인 노을을 가리키며 아기에게 이야기합니다.

"아가야, 꽃이 노을처럼 붉구나. 아가야, 노을이 꽃처럼 곱구나."

그리하여 할머니는 꽃과 노을의 빛깔이 서로 닮았다는 것을 가르쳐 줍니다. 그러나 꽃은 노을이 아니고, 노을은 꽃이 아니란 것도 가르쳐 줍니다. 사람의 마음이 할 수 있는 일 중에서 한 사물을 보고 딴 여러 사물을 상상하는 일도 중요하지만, 사물을 바르게 분간해서 보는 일도 중요하다고 할머니는 믿고 있기 때문입니다.

할머니가 아기와 함께 우러러보는 노을 진 하늘에 새가 날고 있었으면 참 좋겠습니다.

"새, 새, 새……."

할머니는 아기에게 새라고 가르쳐 줍니다. 아기의 눈이 하늘을 나는 새를 뒤쫓습니다. 새는 순식간에 하늘을 가로질러 산 너머로 사라졌습니다. 아기의 눈이 아쉬운 듯 먼 하늘에서 떠나지 못합니다.

이때 할머니의 삭정이 같은 손은 아기의 가슴이 아직 가보지 못한 먼 곳에 대한 동경으로 힘차게 두근대는 것을 느낄 수 있었습니다.

할머니는 오래오래 살았기 때문에 여태까지 수많은 새를 보았습니다.

참새, 제비, 까치, 까마귀, 종달새, 기러기…… 어떤 새든지 보기만 하면 그 이름을 단박에 알아맞힐 수 있습니다. 그러나 새들은 이미 오래전부터 날지를 않습니다. 할머니의 마음속에 갇혀 표본이 되어 버렸습니다. 마음속의 새가 날지 않기 때문에 하늘을 나는 새를 보아도 가슴이 두근대지 않았습니다.

그러나 아기와 더불어 먼 하늘로 날아가 버린 새를 뒤쫓고 있는 사이에 할머니의 마음속에서 먼 고장에 대한 그리움이 되살아나고, 죽어 표본이 되어 버린 새들이 푸드득대며 날갯짓을 하기 시작했습니다.

이렇게 해서 할머니가 간직하고 있는 이야기들은 한 마디 한 마디씩 살아나기 시작했습니다.

사실 '꽃' 과 '새' 는 할머니가 서리서리 간직하고 있는 긴 이야기의 아주 작은 마디에 지나지 않습니다. 그러나 아기도 아직 오기 전입니다. 이런 속도로 나가기만 하면 아기가 이 세상에 와서 걸음마를 하고 말을 배우고, 이야기를 알아들을 때까지 이야기들을 다 살려 내는 것은 문제없습니다.

이야기 선물을 마련해 놓고 아기를 기다리는 할머니의 마음은 마냥 찬란하기만 합니다.

할머니가 이야기 선물이야말로 으뜸가는 선물이라고 으스대는 데는 그럴 만한 까닭이 있습니다. 할머니는 오래오래 사는 동안에 터득한 지혜로 이 세상의 모든 사물은 아무리 보잘것없는 사물이라도 비밀을 가지고 있다는 것을 알고 있습니다.

비밀은 비밀답게 각기 자기 나름의 방법으로 사물 속에 감춰져 있습니다. 어떤 비밀은 겹겹의 두꺼운 껍질 속에 숨어 있기도 하고, 어떤 비밀은 마치 허드레 물건처럼 밖에 나와 있기도 합니다. 사물의 비밀과 만나는 일이야말로 세상을 사는 참맛이라고 할머니는 생각하고 있습니다.

밤의 비밀은 따끔따끔한 밤송이와 두껍고 빤들빤들한 겉껍질과 떫은 속껍질 속에 숨어 있는 달콤하고 고소하고 오돌오돌한 밤알의 맛입니다. 무엇이 사람으로 하여금 몇 겹의 난관을 뚫고 제일 처음으로 밤알의 맛을 보게 하였을까요?

몽둥이와 돌멩이였을 거라고요? 꼬챙이였을 거라고요? 아니, 원시인의 억센 이빨이었을 거라고요? 아니 아니 그 일은 원시인의 뾰족한 손톱 아니면 안 됐을 거라고요?

다 옳은 소리입니다. 그러나 몽둥이나 돌멩이, 이빨이나 손톱이 제일 처음의 것은 아닙니다.

제일 처음의 것은 사람들의 꿈이었다고, 저 험악하게 생긴 것 속에 어쩌면 가장 맛 좋은 것이 숨어 있을 수도 있다고 꿈꾼 사람들의 꿈이었다고, 할머니는 자신 있게 대답할 수 있습니다.

딱딱하고 무섭게 생겼을 뿐만 아니라 모진 발톱으로 사람들에게 덤비는 게의 딱지 속에서 제일 처음으로 맛있는 살을 후벼 파내게 한 것도 결코 돌멩이와 꼬챙이라는 연장이 아니라 사람들의 꿈이었다고 할머니는 생각하고 있습니다. 그래서 아무리 많은 사물과 만나도 그 속의 비밀과 만나지 못함은 헛것이고, 그런 헛만남만 연속되는 삶이라면 아무리 오래 살아도 헛산 것이라고 할머니는 생각합니다.

헛만남이란 마치 수박의 겉을 핥기만 하고 나서 수박 맛을 보았다고 생각하는 것과 같을 것입니다. 만약 꼭꼭 숨어 있는 비밀을 만나지 못하고, 겉만 보거나 핥는 것으로 과일과 만난다면 수박은 참외보다 위대하고, 참외는 사과보다 위대하고, 사과는 앵두보다 훌륭할 것입니다.

그러나 앵두엔 앵두의 비밀이, 사과엔 사과의 비밀이, 참외엔 참외의 비밀이, 수박엔 수박의 비밀이 있기 때문에, 앵두는 수박에 비해 형편없이 작은 과일이지만 수박과 동등합니다. 수박과 앵두는 서로 다른 자기만의 비밀을 가지고 있을 뿐, 결코 누가 잘나고 누가 못난 비밀을 가지고 있는 것은 아닙니다. 이렇게 비밀은 사물을 제각기 없어서는 안 되는 것으로 떳떳하게 독립시키고 평등하게 합니다.

수박은 아무리 커도 앵두나 사과를 자기에게 속하게 할 수 없습니다. 앵두는 앵두의 비밀이 있기 때문에 수박한테 주눅들 필요가 없습니다.

사물은 제각기 가진 비밀 때문에 서로 평등할뿐더러 자유롭습니다. 사물의 비밀은 이렇게 제각기 사물이 있게끔 하는 목숨 같은 것이기 때문에 함부로 나와 있기보다는 꼭꼭 숨어 있으려 듭니다. 사람의 꿈만이 꼭꼭 숨은 사물의 비밀을 여는 열쇠가 될 수 있습니다.

꿈이 없으면 수박을 핥고, 참외를 핥고, 사과를 핥고, 앵두

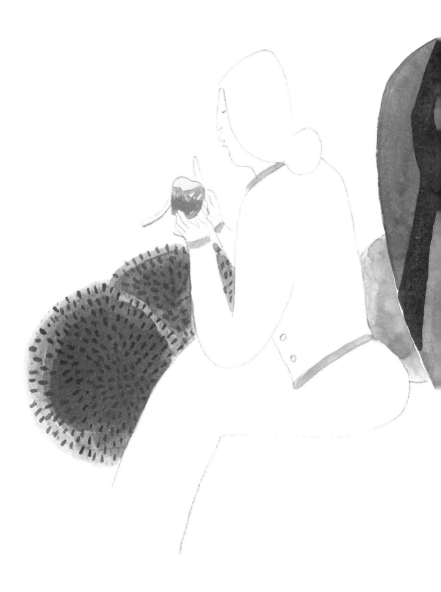

를 핥고, 그러고 나서 수박이 제일 위대하다고 생각할 수밖에 없을 것입니다. 그 사람은 사람의 삶에 대해서도, 3층집에 사는 사람이 단층집에 사는 사람보다 행복하다고 생각할 수밖에 없을 것입니다. 사장이 농사꾼보다 잘났다고 생각할 수밖에 없을 것입니다.

그런 사람이 제아무리 많은 과일을 핥았어도 한 알의 앵두를 먹어 본 사람보다 어찌 과일에 대해 안다고 할 수 있겠습니까? 그런 사람이 제아무리 오래 살고 여러 사람을 사귀었어도, 일생을 통해 단 한 사람의 진실과 만난 사람보다 어찌 참으로 살았다고 할 수 있겠습니까? 할머니가 이야기 선물이야말로 아기에게 으뜸가는 선물이라고 으스대고 싶은 것은 이런 까닭에서입니다.

할머니는 아기에게 많은 이야기를 해 줄 작정입니다. 아기에게 꿈을 줄 작정입니다. 아기는 커 가면서 꿈을 열쇠 삼아 사람과 사물의 비밀을 하나하나 열 수 있을 것입니다. 참답게 살 수 있을 것입니다.

아기 오는 날이 가까워질수록 할머니의 나날은 저녁노을

처럼 찬란해집니다. 깜깜한 밤이 오기 전에 잠깐이나마 노을
이 있다는 것은 참 놀랍고 아름다운 일입니다.

다이아몬드

이 세상의 돌 중에서 가장 비싼 돌, 가장 아름다운 돌, 아무리 써도 닳거나 흠나지 않는 것, 영원히 변치 않는 것, 이 세상에 존재하는 것 중에서 가장 단단한 것. 그래서 아마 태초의 혼돈에서 지구를 태어나게 한 것 같은 무서운 에너지가 천지간에 있는 것 중에서 가장 아름답고 가장 힘센 것의 정精만을 모아 똘똘 뭉쳐 지구의 깊은 주름살 갈피에 숨겨 놓았음직한 신비의 결정체, 아무에게도 정복되어 본 적이 없는 오만불손한 것, 물체의 단단함과 무른 정도를 나타낼 때 쓰는 경도가 10이니 이것은 이 지구상에 존재하는 어떤 물체도 그것을 흠내거나 닳게 할 수 없다는 최고의 경도요, 그 다음으로 단단한 돌로 꼽히는 루비의 실로 20에 맞먹을 정도로, 그래서 어떤 물질도 그에게 흠집을 입힐 수 없을뿐더러 아무리 긴긴 세월도 그를 늙거나 시들게 할 수 없어 영원히 청춘을 구가할 수 있는 돌……

그 돌의 이름이 무엇인지 아십니까? 예, 맞았습니다. 그 돌의 이름은 바로 다이아몬드입니다.

그러나 가장 높은 경도 때문에만 그렇게 오만불손할 수는 없을 것입니다.

그 돌은 들어오는 빛을 얼마나 반사할 수 있나를 나타내는 굴절률 또한 최고입니다. 그래서 사람들의 유행이나 취미가 아무리 바뀌어도 아랑곳없이 사람들의 영원한 사랑과 동경을 받아 마땅한 만큼 눈부시게 빛나고, 아무런 빛깔도 없이 투명하면서도 온갖 빛깔을 다 감추고 있는 것처럼 신비해 보입니다.

그러나 제아무리 다이아몬드라 해도 태어날 때부터 그렇게 아름다웠던 것은 아닙니다.

갈고 닦지 않고 빛나는 것은 있을 수가 없습니다. 불타는 듯한 루비의 매혹적인 붉음도 애수와 순결을 같이 갖춘 사파이어의 투명한 청색도, 사람의 혼백까지 삼켜 버릴 듯한 에메랄드의 심연처럼 깊은 녹색도, 모두 우수한 연마사의 뛰어난 솜씨를 거친 후에 비로소 사람들의 눈에 그렇게 비치게 된 것입니다.

다이아몬드도 마찬가지입니다. 사람의 연마를 거쳤기 때문에 오늘날과 같이 찬란한 보석의 왕이 된 것입니다. 그러나 이 세상의 물질 중에서 가장 단단하다는 그 비할 데 없는 경도 때문에 딴 보석에 비해서는 그 연마의 역사가 짧습니다. 생각해 보십시오. 도대체 무엇으로 이 세상에서 가장 단단한 것을 갈고 닦을 수가 있겠는가.

다이아몬드의 원석이 인류에게 발견된 것이 지금으로부터 5천 년 전인데 그것을 연마하는 기술이 발명된 것은 15세기경이라니 거의 4천 년을 넘게 그 돌은 야성인 채로도 충분히 아름다워, 그 신비한 빛과 아무도 흠을 낼 수 없는 단단함으로 사람들로부터 숭배와 사랑을 받는 한편, 요괴로운 전설을 낳기도 하고 부와 힘의 상징이 되기도 했습니다.

그러나 야성인 채로 아름다우면 아름다울수록 그 아름다움을 마음껏 갈고 닦으면 얼마나 놀라운 아름다움을 끌어낼 수 있을까 하는 사람들의 집념도 줄기찼습니다.

마침내는 사람의 오랜 집념 앞에 다이아몬드의 비할 나위 없는 경도도 항복을 하고 말았습니다.

아무에게도 결코 상처받지 않으면서 아무나 닥치는 대로, 강철이건, 루비건, 에메랄드건, 제멋대로 할퀴고 허물던 이 앙칼진 야성의 돌을 사람들은 드디어 항복시킨 것입니다. 그 돌은 드디어 길들여진 것입니다.

길들여진 그것은 과연 놀랄 만큼 아름다웠습니다. 가장 높은 경도뿐 아니라 가장 높은 빛의 굴절률까지 지닌 그는 들어오는 빛을 조금의 낭비도 없이 전반사해서 효과적으로 분산, 이른바 무지개 빛을 내도록 연마됨으로써 명실공히 보석 중의 왕으로 군림하게 됐습니다.

그는 야성으로 있을 때도 그 희귀한 경도와 아름다움으로 숱한 이야깃거리를 남겼듯이 연마법의 발견에도 한 슬픈 이야기가 따릅니다. 그 이야기가 정말 있었던 이야기인지 아닌지는 확인할 길이 없습니다만, 화려하고 오만한 보석에 따름직한 이야기이기에 여기에 소개하고자 합니다. 이야기란 입에서 입으로 전해지면서 조금씩 더해지게 마련입니다. 그것은 전하는 사람이 거짓말쟁이라서가 아니라 상상력 때문입니다. 이 이야기 역시 작가의 상상력에 의해 당초의 이야기보다는 보태진 이야기가 되었을 수도 있습니다.

15세기경 베니스에 한 젊은 금속공이 살고 있었습니다. 가난하지만 착하고 준수한 사나이는 어느 날 갑자기 한 소녀를 보고 사랑에 빠졌습니다. 명랑하던 사나이는 우울해지고 준수한 얼굴은 점점 수척해졌습니다.

사나이의 사랑이 이른바 이루지 못할 사랑이었기 때문입니다. 그는 하필이면 자기를 부리고 있는 상전의 아름다운 외동딸에게 한눈에 반한 것입니다. 한눈에…… 어쩌면 한눈에.

잠깐 마주친 일이 있는 소녀의 맑은 눈동자가 마치 예리한

화살처럼 그의 심장에 깊숙이 박혀 그를 못살게 굴었습니다. 그는 그곳을 깊이깊이 아파하며, 마치 그곳으로 매일매일 진한 피를 뚝뚝 떨어뜨리고 있는 것처럼 점점 핏기를 잃어 갔습니다.

아무런 방도가 없었습니다. 시간이 흘러 소녀의 눈동자가 희미해질 때만 기다릴 수밖에.

"시간이 약이라네, 그저 시간이 약이라네."

그의 이루지 못할 사랑을 알고 그를 불쌍히 여긴 친구들도 그런 위로밖에는 할 말이 없었습니다.

그러나 모든 마음의 상처에 약이 된다는 시간도 그 사나이의 사랑의 상처에는 소용없었습니다. 사나이의 상처는 시간이 아무리 지나도 처음처럼 성성했습니다.

드디어 그의 목숨을 지탱할 최후의 몇 방울의 피가 그에게 이상한 용기를 주었습니다. 그야말로 목숨을 건 용기로, 사나이는 그의 상전에게 자기의 사랑을 호소했습니다.

죽음을 앞둔 사나이의 슬프고 진정 어린 호소는 상전을 충분히 감동시켰습니다. 그러나 그의 딸을 일개 직공에게 내줄 생각은 도저히 할 수가 없었습니다. 상전은 돈이 많고 음흉한 노인이었습니다.

노인은 속으로는 능구렁이처럼 웃으며 겉으로는 사나이에 대한 깊은 동정과 따뜻한 위로를 나타내면서 극히 어려운 내기를 하나 사나이에게 내걸었습니다.

"자네 이 다이아몬드를 연마할 수 있겠나? 보게. 이 아름다운 돌을. 그러나 이 돌은 더 아름다울 수도 있어. 얼마든지 더 빛날 수도 있을 거야. 나는 알지. 이 앙큼한 돌이 얼마나 눈부신 빛살을 그 내부에 꼭꼭 숨기고 있나를.

이 돌을 최초로 연마할 수 있는 자만이 최초로 그 빛살을 볼 수 있는 자가 될 걸세. 물론 그게 그리 쉬운 일은 아니란 걸 알고 있는 게 좋겠네마는. 아직 아무도 그걸 연마할 수 없었으니까. 불행히도 이 지구상에 이 돌에 상처를 입힐 수 있는 물질이 아직 없다네.

자네는 금속공이니까 알지? 쇠붙이 중에서 가장 단단한 강철에 대해서. 그 강철조차 이 돌을 만나면 마치 밀가루 반죽이 비수를 만난 것처럼 맥을 못 추지. 내가 이 돌에 대해 말

할 수 있는 건 그것뿐일세. 어떤가? 자네가 만약 이 돌을 연마할 수 있으면, 그때 내 딸을 줌세."

얼마나 악랄한 거절입니까? 손에 닿을 듯이 희망적이면서 가장 절망적인 거절. 그리고도 자기 딸과 일개 직공과의 넘을 수 없는 신분의 차이를 빗대 놓고 비웃기를 잊지 않은 교묘한 말솜씨 또한 일품이 아닙니까?

그러나 사랑으로 분별력을 잃은 사나이는 상전의 이런 교묘한 거절을 눈치채지 못합니다.

실상 이런 거절이란 일언지하의 거절보다 더 나쁘다는 것에 대해선 생각하려 들지도 않습니다. 상전이 그의 사랑을 이룰 수 있는 하나의 길을 터 주었다는 것만이 감지덕지 고마울 뿐입니다.

소녀의 사랑을 얻을 수만 있다면, 이 세상에 못할 것이 뭐 있을까 싶은 것이 그의 단순하고 줄기찬 마음입니다.

그래서 그는 상전이 내건 내기를 그 자리에서 승낙하고, 꼭 다이아몬드를 연마하고야 말겠다고 맹세합니다. 그리고 그때까지 딸을 딴 곳으로 시집보내지 않겠다고 맹세 또한 상전으로부터 받았습니다.

"흥, 해 볼 대로 해 보라지. 며칠 안 가서 너는 알게 될 것이다. 그 돌을 길들일 만한 물질이나 방법이 전혀 없다는 것을……."

상전은 다시 한 번 능구렁이 같은 웃음을 속으로 웃었습니다. 제아무리 교활한 상전도 다이아몬드가 연마되기까지라는 부지하세월의 긴긴 동안 사나이의 열정이 계속될 수 있으리라고는 상상도 못합니다. 사나이가 맹세를 어기면 물론 상전의 맹세도 저절로 무효가 되는 것입니다.

상전은 사랑의 열정이란 그 수명이 얼마나 짧은가를 너무도 잘 알고 있습니다. 그렇기 때문에 그의 딸이 그 맹세에 매이게 되리란 근심 같은 것은 할 턱이 없습니다.

그날부터 사나이의 고생은 시작됐습니다. 닥치는 대로 딴 물질을 흠집 내고 할퀴고 할 뿐, 스스로는 연마는커녕 먼지만큼의 상처도 입으려 들지 않는 이 악마와 같은 돌과의 싸움으로 피투성이의 세월을 보냈습니다. 그의 작업장에는 그 돌과의 싸움으로 상처 나고 허물어진 물질들이 패잔병의 시체처럼 즐비하게 나동그라져 있었습니다.

어찌 물질뿐이겠습니까? 패잔의 빛은 사나이의 몰골에 한층 더 역력했습니다. 등은 굽고 눈은 짓무르고 피부는 늘어졌습니다. 머리털은 서릿발처럼 세고 정수리는 벗겨졌습니다. 희망은 아무 데도 없었습니다.

사나이의 고생의 보람이던 아름다운 소녀의 모습도 그의 기억 속에서 점점 희미해졌습니다. 희미한 기억이나마 억지로 뜯어 맞춰 소녀의 모습을 떠올리던 일조차 그만둔 지 오래입니다.

그러나 아직도 그의 가슴에선 뜨거운 것이 타고 있었습니다.

그것이 아름다운 소녀에 대한 열정인지, 악마와 같은 돌에 대한 투지인지 그 자신도 분명히 알고 있지 못합니다. 다만 그 뜨거운 것이 매일매일 지기만 하는 싸움에서 그를 다시 잡아 일으켜 새로운 싸움을 걸게 하고 있다는 것을 알고 있을 뿐입니다.

이제 가슴의 뜨거운 것은 사나이의 것이 아닙니다. 뜨거운 것이 사나이를 마구 다스릴 뿐, 사나이는 그 뜨거운 것을 다

스리지 못합니다.

사나이는 늙고 지쳐 이제 그만 그 뜨거운 것으로부터 놓여나고 싶습니다.

그러나 뜨거운 것은 사나이를 놓아 주지 않습니다. 사나이는 비명을 지르며 연일 그 뜨거운 것으로부터 혹사를 당합니다.

그러던 어느 날, 사나이는 하나의 진리를 발견했습니다.

지극히 평범한, 지극히 금속공다운 진리였습니다. 즉 철을 마음대로 자를 수 있는 것은 무엇인가에 생각이 미친 것입니다.

철은 강철에 의해서 비로소 절단되지 않는가. 그러면 강철이란 무엇인가? 강철 또한 철에 지나지 않는 것을.

가장 가까운 곳에 있는 가장 쉬운 이치를 찾아, 그는 그렇게 오랫동안 고심참담한 세월을 보낸 것입니다.

그 이치에 따라 다이아몬드는 다이아몬드에 의해서만 갈고 닦일 수 있으리란 것을 깨닫게 되고, 다시 침식을 잃고 연구한 끝에 다이아몬드끼리의 마찰에서 생긴 미세한 다이아몬드의 분말로 다이아몬드를 연마할 수 있기까지에 이르렀습니다.

이 단단하고 아름다운 돌은 저희끼리의 마찰에 의해서만 비로소 미세하나마 분말을 떨어뜨리고, 그 미세한 분말에 의해서만 연마될 수가 있습니다.

연마된 다이아몬드는 상전의 예언대로 과연 눈부신 빛살을 발했습니다.

사나이는 내기에 이긴 것입니다. 맹세를 지킨 것입니다. 사나이는 또 하나의 맹세를 위해 연마된 다이아몬드를 자랑스럽게 받쳐 들고 상전을 찾아갔습니다.

그동안 사나이가 모르고 있는 사이에 너무 많은 세월이 흘렀나 봅니다.

상전은 이미 늙어 죽고, 소녀가 넓은 저택의 여주인이 되어 있었습니다. 맹세에 의해 소녀는 아직도 독신인 것은 말할 것도 없습니다.

아아, 그러나 그동안 너무 긴긴 세월이 흘러갔나 봅니다.

소녀는 아직 독신일 뿐, 아직도 소녀는 아니었습니다.

많은 돈과 게으름과 그리고 원망이 살갗 밑에 비지처럼 고여 있는 중년의 여자처럼 보기 싫은 것이 이 세상에 또 있을까요?

그 뜨겁디뜨거운 것, 그 천신만고의 나날, 준수하고 야심만만한 청춘이 바쳐진 아름다운 소녀는 어디 있단 말입니까?

사나이는 돼지에게 진주라도 던져 주듯이, 이 중년의 미운 여자에게 연마된 다이아몬드를 던져 주고 작업장으로 돌아왔습니다.

한 가지 일에만 열중하는 새에 빈궁은 마음껏 그의 작업장을 점령하고 번성하고 있었습니다.

손댈 수 없이 퇴락하고 더러운 작업장 한가운데에서 사나이는 허망감으로 뼛속까지 시립니다.

그때 사나이는 처음으로 거울에 비친 자신의 몰골을 봅니다.

저건 또 누구란 말인가? 준수한 젊은이는 어디로 가고, 저 나이도 알 수 없이 늙어 빠진 사나이는 누구란 말인가?

때 묻은 백발, 벗겨진 정수리, 짓무른 눈, 수없이 많은 주름살, 활처럼 굽은 등. 저 늙은이는 도대체 누구란 말인가?

"헛수고…… 도대체 어쩌라는 길고도 고된 헛수고였을까?"

사나이는 탄식하며 다시 한 번 사람이 산다는 것의 허망함에 몸을 떨었습니다. 그러나 아무도 사나이의 헛수고를 비웃어서는 안 됩니다. 사나이를 어리석다고 경멸해선 안 됩니다.

사람이 고생하고 살면서 얻을 수 있는 것은 다이아몬드도 아름다운 소녀도 아닙니다. 열심히 고생해야 기껏 아주 작은 이치를 얻어 내는 데 불과합니다.

사나이는 다이아몬드에 저항할 수 있는 것은 다이아몬드뿐이란 이치를 얻어 냈습니다. 그만하면 아무도 사나이의 삶이 아주 허망하다고는 말 못할 것입니다.

중요한 것은 다이아몬드가 아니라. 다이아몬드에 저항할 수 있는 건 다이아몬드뿐이라는 사실입니다.

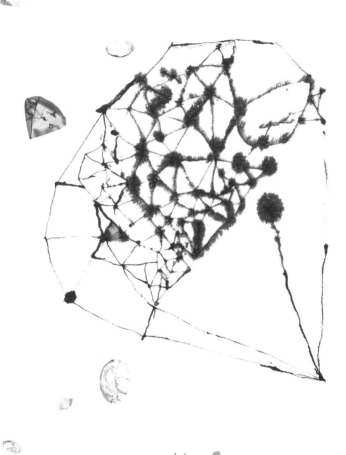

아빠의 선생님이 오시는 날

오늘이 바로 이상국 선생님이 오시기로 한 날입니다.

아빠가 어떤 모임에서 삼십여 년 만에 우연히 만난 이상국 선생님을 집으로 초대한 것이 바로 일주일 전입니다.

일주일 동안에 온 집 안이 반짝반짝해졌습니다. 구석구석 대청소를 하고 유리창을 닦고 커튼을 빨고 식탁 위의 전구도 밝은 걸로 갈아 끼웠습니다. 엄마는 도배도 새로 하고 싶어 했지만 아빠는 그렇게까지 유난을 떨 건 없다고 했습니다.

오늘 아침엔 엄마가 일찍 꽃시장에 가서 향기 짙은 프리지어랑 천사의 입술처럼 순결한 분홍 장미도 한 아름씩 사다가 집 안 여기저기를 장식했습니다. 우리 집도 그렇게 꾸며 놓으니까 영화나 연속극에 나오는 부잣집 부럽지 않습니다.

우리 집은 평소에도 손님이 많은 편입니다. 할머니, 할아버지도 정정하시고 삼촌, 이모, 고모도 여럿 있어서, 일요일은 우리 식구끼리만 밥 먹는 날이 없을 정도로 친척끼리 서로 왔다 갔다 하면서 재미나게 삽니다. 다들 말이 친척이지 한 식구나 다름없어서 우리 먹는 식탁에 숟가락만 더 놓는 정도로 거의 신경을 안 씁니다.

가까이 사는 이모는 툭하면 이모부랑 아이들까지 데리고 먹던 밥그릇을 들고 우리 집 밥상으로 쳐들어옵니다. 자기네는 김치도 시어 꼬부라지고 찌개도 맛이 없어 식구들이 입맛 없어하니까 우리 집 밥상 생각이 굴뚝같더라나요. 그런 걸 보면 우리 엄마 음식 솜씨가 괜찮은가 봐요. 형제간에 우애도 있고요.

아빠의 자화자찬이긴 하지만 비빔밥, 낙지볶음, 섞어찌개, 매운탕은 엄마 솜씨보다 아빠가 한 수 위라나요. 그러나 아빠가 솜씨를 발휘할 기회는 가족끼리 캠핑을 갔을 때하고 외할아버지, 할머니가 오셨을 때 말고는 거의 없습니다.

캠핑 가서 남자들이 밥하고 찌개 하는 건 흔한 일이지만 외할아버지, 할머니가 오셨을 때 아빠가 앞치마를 두르고 요리하는 집은 아마 우리 집밖에 없을 겁니다.

누가 들으면 우리 아빠가 공처가인 줄 알겠지만 내가 아는 아빠는 엄마가 무서워서 그렇게 하는 게 아니라 감사의 표시로 그렇게 하는 겁니다.

아까도 말했지만 우리 엄마는 늘 드나드는 가까운 친척들한테는 식구들 대하듯이 수수하고 편안하게 대하지만 친할아버지, 할머니가 오셨을 때는 온갖 솜씨를 다 발휘해서 극진히 대접하고 편안하게 해 드려서, 그분들에게 이 세상에서 우리 며느리가 제일이라는 만족감을 드립니다.

그분들이 아빠에게는 친부모니까 엄마가 자기 부모를 그렇게 기쁘게 해 주는 게 얼마나 고맙겠습니까. 그래서 그 감사의 표시로 엄마의 친부모한테는 아빠가 잘해 드리는 겁니다.

아빠의 음식 솜씨는 엄마만 못하지만 외할아버지, 할머니는 자기 딸은 가만히 앉혀 놓고 사위가 앞치마 두르고 한 요

리를 잡수신다는 게 이 세상의 어떤 진수성찬보다도 만족스러우신가 봅니다.

친가와 외가의 할아버지, 할머니가 같이 오신 날은 없느냐고요? 왜 없겠어요. 살다 보면 그런 날도 있지요. 그런 날은 우리만 신나는 거죠. 외식을 하게 되니까요. 양쪽 어른들이 다 아이들 좋아하는 서양 음식점으로 가자고 하시거든요.

친구들 중에는 생일잔치를 그런 데서 하는 아이가 있어서 더러 초대받아 가 본 적이 있지만 나는 한 번도 그렇게 해 본 적이 없기 때문에 속으로는 좀 부러웠나 봅니다. 그런 손자들 마음을 양쪽 할아버지, 할머니가 헤아려 주신 것이지, 그분들이 그런 음식점을 정말로 좋아하시는 건 아닐 겁니다.

"어미 손맛이 제일이다", "자네 음식 솜씨는 천하제일이네." 우리 집에서 식사하실 때마다 양쪽 할아버지, 할머니가 하시는 말씀입니다. 그게 빈말이 아니라는 건 그분들이 흐뭇해 하고 행복해 하시는 표정에서 잘 나타납니다.

그건 내 친구들도 마찬가지입니다. 아이들이 좋아하게끔 꾸며 놓은 서양 음식점에서 의기양양하게 생일잔치를 한 친구들을, 내 생일에 우리 집으로 불러 미역국에 떡, 잡채, 닭 튀김 따위 엄마의 솜씨를 맛보이면 "와, 환상이다" 하고 환성을 지르며 좋아하거든요. 여자친구 중에는 그날 이후 나를 보는 눈빛이 달라지는 아이도 있을 정도라면 말 다했죠.

이 정도면 우리 집이 얼마나 손님 치르는 데 격의가 없으면서도 정성을 다하는지 아마 아셨을 겁니다. 그런 우리 집에 아빠의 초등학교 적 선생님이 오신다니, 어떡하면 최고의 대접을 할 수 있을까 엄마가 바싹 긴장을 하는 건 당연하죠.

그러나 같이 걱정해야 할 아빠는 태평합니다. 이상국 선생님이 가장 좋아하는 음식은 비빔밥인데, 그걸 워낙 좋아해서 그 밖의 것은 준비해 봤댔자 거들떠보지도 않을 거라는 거였습니다.

그 소리를 들은 엄마는 대한민국에서 제일 맛있는 비빔밥을 만들 욕심으로 마이클 잭슨이 좋아했다는 비빔밥을 만든 호텔 주방장한테 전화를 다 걸어서 재료랑 비법이랑 물어보았다고 합니다. 그 소리를 들은 아빠는 선생님이 좋아하실 비빔밥에 대해선 자기가 더 잘 아니까 엄마는 아무 걱정하지 말고 가만히만 있으라는 것이었습니다. 엄마는 그걸 믿어도 되느냐고 몇 번이나 확인하고는 요리에 대한 근심을 접고 대신 집 안 꾸미기에만 매달린 끝에 집이 그렇게 근사해진 거였습니다.

아빠가 나만 할 때 집안에 갑자기 어려운 일이 생겨 아빠는 시골 외갓집에 맡겨진 적이 있다고 합니다. 그때만 해도 서울의 초등학교는 한 학년에 열 반이 넘었고 한 반 정원도 60명이 넘었는데, 시골학교는 한 학년이 30명도 안 돼서 아빠는 속으로 무시하는 마음이 가득해 괜히 거드름을 피웠다는군요.

그런 나쁜 버릇을 야단 한번 안 치고 저절로 고치게 한 담임선생님이 이상국 선생님이었답니다. 남들도 알아주는 아빠의 좋은 점, 엄마를 잘 도와주고, 못사는 사람 무시하지 않고, 산과 들의 나무나 푸성귀, 풀, 꽃, 이름은 모르는 것 없이 다 아는 것도 이상국 선생님 덕이라고, 아빠는 존경과 애정이 하나 가득 번진 표정으로 회상하곤 했습니다.

아빠가 차를 가지고 전철역까지는 혼자 오시기로 한 선생님을 모시러 나간 사이 엄마는 아빠가 하라는 대로 밥하고 맑은 장국만 한 냄비 끓여 놓고는, 정말 이렇게 음식 장만을 안 하고 손님을 맞아도 되는지 몰라 안절부절못합니다. 이제 와서 어쩌겠습니까.

드디어 이상국 선생님이 도착하셨습니다. 얼굴에 주름과 미소가 가득한 작은 노인입니다. 우리 식구는 다 같이 좌정한 선생님에게 큰절을 올렸습니다. 설도 아닌데 선생님은 나하고 동생한테 빳빳한 새 돈 천 원짜리를 다섯 장씩 주셨습니다.

따뜻한 녹차를 대접하는 동안 아빠는 엄마를 제쳐 놓고 먼저 부엌에 들어가더니 커다란 양푼에다가 밥솥의 밥을 다 쏟아 놓고, 식는 동안 김치도 송송 썰고, 장조림 국물, 깍두기 국물도 찔끔 붓고, 이것저것 먹다 남은 나물도 넣고, 마지막으로 고추장과 참기름을 넣고 쓱쓱 비볐습니다.

엄마가 창피해서 어쩔 줄을 몰라하면서 계란프라이라도 해서 얹으려고 했지만, 아빠는 선생님이 좋아하시는 비빔밥은 그게 아니라면서 그것으로 조리를 끝낸 비빔밥을 그릇에

담았습니다.

과연 아빠의 즉석비빔밥은 진미였습니다. 이상국 선생님도 한 대접 거뜬히 비우셨지요. 후식으로 과일을 들면서 아빠가 말했습니다.

"선생님 식성은 삼십 년 전이나 지금이나 여전하십니다."

"내 식성을 기억해 줘서 고맙네. 그러나 자네는 하나만 알고 둘은 몰라."

"네?"

"난 비빔밥도 좋아하지만 갈비찜이나 불고기도 좋아하고 회도 좋아하고 비프스테이크 같은 서양 음식도 좋아한다네."

"아이구. 선생님 죄송합니다. 전 그동안 선생님 식성이 변하신 것도 모르고……."

"이 사람아. 식성이 변한 게 아니라네. 자네는 내가 정말로 비빔밥을 좋아해서 하루가 멀다 하고 학교에 큰 양푼하고 참기름을 가지고 가서 아이들 도시락을 다 걷어다가 반찬이랑 김치랑 한데 넣고 비벼서 다시 나눠 먹은 줄 아나.

그때만 해도 우리 반엔 도시락을 못 싸 오는 아이가 서너 명씩은 됐다네. 다들 어려운 때였지. 그 애들에게 자존심 상하지 않게 점심을 먹이자니 그럴 수밖에 없었네.

　비빔밥 먹는 날은 내 도시락을 서너 사람은 먹게 넉넉히 싸고 소고기도 좀 볶아 가지고 가서 슬쩍 같이 넣고 비비면 우리 반이 다 같이 배부르게 먹을 수가 있었지."

　말씀이 끝난 후에도 우리 식구는 다 같이 깊이 머리를 조아리고 들지를 못했습니다.

산과 나무를 위한 사랑법

봄뫼네 마을에서 20리쯤 떨어진 읍내를 지나는 고속도로가 개통되는 날은 정말 굉장했습니다. 어른, 아이, 노인 할 것 없이 제일 좋은 옷을 꺼내 입고 태극기를 들고 고개 넘고 내를 건너 엉덩춤을 추면서 읍내로 달려갔습니다.

해마다 가을이면 한 번씩 열리는 봄뫼네 학교 대운동회 날도 마을이 그렇게 텅텅 비진 않았을 겁니다.

기름을 칠해 놓은 것처럼 번들번들 윤기가 흐르는 넓은 길이 산과 들을 사정없이 동강 내면서 어디까지나 어디까지나 곧게 뻗어 있었습니다. 그 길이 아득한 곳에서 오므라져 하나의 점같이 보일 때까지 거치는 것이라곤 아무것도 없었는데도, 그 길은 아직 개통되지 않았다고 합니다.

개통하는 것을 구경도 할 겸 축하도 할 겸, 나들이 나온 봄되네 마을과 딴 여러 마을 사람들은 길가에 쭈그리고 앉았습니다. 대낮의 뙤약볕이 정수리를 내리쬐고 허기증이 배 속을 무두질했습니다. 까맣게 보이던 길이 노랗게 가물댔습니다.

"개통 잔치가 볼 만한감?"

"아무렴."

"자넨 구경한 적 있나?"

"자네나 내나 그런 구경을 어디서 해 봐? 못해 봤으니까 바쁜 농사 제쳐 놓고 나왔잖남. 안 그런가?"

"하긴 그래. 그나저나 먹을 건 줄까?"

"먹을 거 없는 잔치가 어디 있어. 개통 잔치에 나오라고 청첩 돌린 지가 언젠데 차려도 많이 차렸겠지."

마을 사람들이 가진 것보다 좀 더 큰 깃발을 든 낯선 사내가 호루라기를 불면서 손짓을 했습니다. 마을 사람들이 일제히 일어섰습니다. 멀리서 까만 자동차가 한 대 나타났습니다. 한 대만이 아닙니다. 그 뒤에도 자동차는 얼마든지 있었습니다. 버스도 있었습니다. 호루라기를 분 사내가, 가까워지려면 한참 먼 차를 향해 깃발을 높이 흔들었습니다. 마을 사람들도 덩달아 깃발을 흔들며 뜻 모를 아우성을 쳤습니다. 자동차들은 빠른 속도로 가까워 왔습니다.

마을 사람들이 늘어선 앞까지 오자 앞의 차가 속도를 늦추었습니다. 그러자 뒤의 차들도 멈칫멈칫 속도를 늦추었습니다. 차 안에 있는 사람들이 마을 사람을 향해 미소를 지으며 손을 흔들었습니다. 마을 사람들도 목이 터져라 아우성을 치며 깃발을 흔들었습니다. 그것만으로는 모자라는 것 같아 짝짝짝 손바닥이 부르터라 손뼉을 치는 아저씨들도 있었습니다.

마을 사람들이 이렇게 대대적이고 열광적으로 환영하는 것과는 대조적으로 차 안의 사람들은 피곤하고 따분해 보였습니다. 속도를 늦추었는데도 불구하고 자동차와 버스의 행렬은 곧 마을 사람들을 지나고, 지나자마자 속도를 내서 달리더니 이내 보이지 않게 되었습니다.

마을 사람들은 차에 탄 사람들이 개통 잔치에 온 손님들인
줄 알았는데, 순식간에 그렇게 지나가 버리자 허전하고 배신
이라도 당한 것처럼 억울하기도 합니다.

호루라기로 마을 사람들을 총지휘해서 아우성도 치게 하고
깃발도 휘두르게 한 남자가 다시 호루라기를 불더니 개통 잔
치는 끝났다고 알려 줍니다. 별 싱거운 잔치도 다 있습니다.

길을 내기 위해 산과 들을 사정없이 동강 낸 뒤입니다. 의
당 산과 들을 위로하기 위해 떡도 하고 술도 빚어 고사를 지
내고 농악을 울리는 잔치가 있으려니 하고 마을 사람들은 기
다렸던 것입니다.

배가 너무 고픕니다. 온종일 땀을 흘려 목도 마릅니다. 술
하고 떡은 그만두고라도 아쉬운 대로 빵하고 사이다라도 얻
어먹고 싶습니다. 잔치라면 으레 음식을 나누어 먹던 마을에
서의 습관 때문에 마을 사람들의 마음속에는 공것을 바라는
마음이 간절합니다.

그러나 어느 틈에 호루라기를 불던 남자도 사라지고, 눈
앞에 새로 생긴 길은 빈대떡이라도 부쳐 낼 수 있을 것처럼

화끈화끈하게 달아올라 사람들을 더 버티고 있을 수 없게 합니다. 곧게 뻗은 길엔 다시는 아무것도 나타나지 않았습니다.

마을 사람들이 하나 둘 흩어집니다. 정 허기증을 참을 수 없는 사람들은 읍내의 장거리로 들어섭니다.

읍내의 장거리는 온통 축제 분위기로 들떠 있습니다.

'축! 고속도로 개통'이라고 쓴 현수막을 집집마다 두르고 음식점마다 장날보다 더 많은 음식을 장만해 놓고 문을 활짝 연 주인은 싱글벙글 웃으며 손님을 맞아들입니다. 그러나 음식값은 엄청나게 비쌉니다.

순댓국도 막국수도 콩국도 인절미도 모두 저번 장날의 곱절은 올랐습니다. 음식값을 올린 까닭을 읍내 장사꾼들은 이렇게 말했습니다.

"두고만 보십시오. 앞으로 이 고장이 얼마나 무시무시하게 발전하나. 도시 사람들이 쏟아져 들어올 겁니다요. 도시 상대의 장사는 시골 상대의 장사하고 달라서 그저 양은 적고 값은 높아야 팔리게 돼 있는 걸 우린들 어떡합니까."

그러나 아직 도시 사람은 눈에 띄지 않았습니다. 허기진 마을 사람들은 도시 사람을 대신해서 바가지는 바가지대로 쓰고, 배는 배대로 고픈 채 기진맥진해서 돌아섰습니다.

"우리 읍내가 발전하면 곧 뒤따라 당신네 마을도 발전할 거요."

사람들이 고속도로 개통 잔치에 갔다 온 지 몇 달이 지나도 마을은 조금도 달라지지 않았습니다. 발전이라는 것을 은근히 기다리는 젊은 사람들도 있었습니다만, 대부분의 마을 사람들은 무관심했습니다.

그러나 그해 가을, 예년에 없었던 일이 있었습니다. 오십 명도 넘는 도시 사람들이 봄뫼네 마을을 둘러싼 산 중에서 제일 높은 선녀봉에 등산을 온 것입니다. 울긋불긋한 등산복을 입고 선글라스를 쓰고 커다란 배낭을 멘 남자 여자가 마을을 지날 때 아이들은 손가락을 입에 물고 구경을 했습니다.

마침 단풍이 아름다운 철이었습니다. 그러나 마을 사람들은 가을에 산이 단풍 드는 것을 조금도 신기하게 생각하지 않았습니다. 우리나라 어드메고 산 없는 곳은 없고, 어느 산이고 철따라 옷 갈아입으면 사람도 덩달아 옷을 갈아입게 된다는 것을 알고 있을 뿐이었습니다. 마을 사람들은 풀이나 나무처럼 산에서 살았을 뿐 산을 구경하며 즐길 줄은 몰랐습니다.

그러나 처음으로 가을의 선녀봉에 올라가 본 도시 사람들의 놀라움은 대단했습니다. 오십 명의 도시 사람 중엔 허풍을 잘 떠는 문필가도 있었나 봅니다. 도시의 신문과 잡지에 선녀봉 단풍이 얼마나 아름다운가 대대적으로 소개되었습니다. 특히 선녀폭포가 떨어져 생긴 선녀담 깊고 맑은 물에 어린 선녀봉의 단풍은, 그것을 보았으므로 내일 죽어도 한이 없을 만큼 절경이라는 극단적인 찬사를 서슴지 않았습니다.

그때부터 선녀봉에는 등산객이 그치지 않게 되었습니다. 이듬해 봄에는 도청 소재지에 있는 고등학교에서 수학여행을 오기도 했습니다. 등산객뿐 아니라 낚시꾼까지 모여들었습니다. 마을 사람들은 선녀담에서 물고기를 잡지 않았습니다. 선녀담에는 선녀가 내려와 목욕한 일이 있다는 전설과 함께, 목욕하는 선녀의 모습에 반한 용왕님이 벌써 몇 번째

승천할 기회를 일부러 포기하고 선녀가 다시 내려오기를 기다리며 지금도 똬리를 틀고 가장 깊은 곳에 잠겨 있다고 전해지고 있었습니다. 그래서 선녀담의 물고기를 해치는 일은 곧 용왕님의 노여움을 사는 일이라고 마을 사람들은 굳게 믿고 있었습니다.

그러나 한 번 다녀간 낚시꾼들이 오래전에 멸종한 줄 알았던 희귀한 어족을 선녀담에서 발견했다고 선전하자, 낚시꾼뿐 아니라 어류학자들까지 몰려들었습니다. 그래서 농사짓기보다는 그런 구경꾼들 시중을 드는 돈벌이에 더 재미를 붙인 마을 사람까지 생겨났습니다.

문필가가 다시 다녀갔습니다. 그는 다시 도시의 신문과 잡지에 그가 본 것을 써서 발표했습니다. 그는 철쭉 꽃잎이 어지럽게 낙화한 선녀담을 꿈꾸며 다시 그곳을 찾았건만, 그가 선녀담에서 본 것은 함부로 떠다니는 깡통과 라면 봉지와 은박지 나부랭이였다고 개탄을 했습니다. 그의 찬사가 옳았다면 개탄도 옳았을 것입니다.

선녀봉에서는 두 차례나 산불이 났습니다. 그 의젓하고 아름답던 선녀봉이 기계총 먹은 대가리처럼 보기 싫게 되었습니다.

선녀봉의 자연과 선녀담의 물고기를 보호하자는 운동이 그곳과 가까운 크고 작은 도시에서부터 일어나기 시작했습니다. 이제 좀 사람들의 발길이 뜸해지려나 보다고 마을 사람들은 생각했습니다. 농사보다 도시의 구경꾼 시중에 더 재미를 붙였던 사람들은 그것을 서운하게 생각했지만, 구경꾼은 거들떠도 안 보고 농사만 짓던 사람들은 그것을 다행스럽게 생각했습니다.

그러나 농사만 짓던 사람이건 농사를 잠시 놓았던 사람이건, 산이나 물을 보호하는 방법에 대해서는 같은 의견을 가지고 있었습니다. 그들은 산이나 물이 사람을 보호해 주면 주었지, 사람이 감히 산이나 물을 보호할 수 있다고는 생각하지 않았습니다. 방법이 없는 것이 바로 방법이었습니다. 즉, 산이나 물을 있는 그대로 놓아두는 것이 제일이라고 생각했습니다. 그래서 사람이 뜸해지길 기다렸던 것입니다.

그러나 마을 사람들의 예상은 크게 빗나갔습니다. 고속도로가 지나는 읍내로부터 마을까지의 길이 크게 넓혀지면서 트럭은 철근과 시멘트를 실어 날랐습니다. 선녀담 근처에 산장을 짓는다고 합니다. 그러고는 대문짝만 한 아크릴 팻말도 수없이 실어 날랐습니다.

'산을 사랑하자', '나무를 사랑하자.' 아크릴 팻말의 글씨를 붙여 읽으면 그런 말이 되었습니다.

도대체 누구더러 사랑하자는 말인지 모르겠습니다. 우락부락한 남자들이 여기저기에다가 그 큰 팻말을 세우기 위해 숲을 짓밟고 팻말을 가리는 나무 가장귀나 나무를 베어 버리기도 했습니다.

여학생들은 단체로 '나무를 사랑하자', '산을 사랑하자'라는 띠를 두르고 와서는 마을 사람들에게 같은 내용의 삐라를 나눠 주고, 등산객들은 읽지도 않고 버렸기 때문에 산은 온통 삐라투성이었습니다.

다음 날은 남학생들이 단체로 와서 삐라를 줍고, 유리병이나 비닐봉지도 줍고, 주운 것을 모아 함께 태우다 또 산불을 일으켰습니다. 선녀봉에 기계총 자국이 또 하나 생겼습니다.

도시 사람들의 산과 나무 사랑하기 운동은 점점 더 극성스러워졌습니다. 페인트 깡통까지 들고 와 나무와 바위에다 '산을 사랑하자', '나무를 사랑하자'라고 써 놓고 가는 단체도 있었습니다. 남이 어질러 놓은 것을 온종일 치우고, 대신 그만큼 어질러 놓고 가는 단체도 있었습니다.

　'나무를 사랑하자', '산을 사랑하자'라고 쓴 작은 깡통을 등산로 가에 있는 나무마다 매달아 놓고 가는 학생들도 있었습니다. 깡통을 등산객이 재떨이로 쓰면 산불을 막는 데 도움이 될 거라고 학생들은 사뭇 으스댔습니다.

　어떤 사회 단체에서는 쇠붙이로 된 가마솥만 한 재떨이를 한 트럭이나 선녀봉을 위해 기증해 왔습니다. 선녀봉은 기계총 먹은 대가리가 된 대가로 갑자기 재떨이 부자가 되었습니다.

　가마솥만 한 재떨이를 기부한 사회 단체는 훗날 관광버스를 대절해서 놀이를 와 온종일 석유 버너로 밥 짓고, 찌개를 끓이고, 커피를 끓이고, 밤에는 캠프파이어로 선녀봉의 이마를 대낮같이 밝히고 춤추고 노래했습니다.

가을 수학여행 철이 되었습니다. 우리나라에서도 가장 학생 수가 많은 고등학교 학생들이 선녀봉으로 수학여행을 왔습니다. 학생들은 여행을 단순한 관광이 아닌 그 이상의 목적이 있는 여행으로 하기 위해 이곳을 택했다고 합니다.

학생들은 한 사람 앞에 백 개도 넘는 빨간 비닐 조각을 갖고 있었습니다. 그 비닐 조각에는 '산을 사랑하자', '나무를 사랑하자'라고 써 있었습니다.

읍내의 여관에서 아침 일찍 버스로 이곳 마을까지 와서 흩어진 학생들은 선녀봉 골짜기건 등성이건 자유자재로 다니면서 나뭇가지에다 그 빨간 비닐 조각을 가는 철사로 엮어 달았습니다.

어떤 나무는 같은 비닐 조각을 두 개, 세 개 단 나무도 있고, 깡통과 비닐 조각을 골고루 단 나무도 있었습니다. 벼랑 끝에 선 낙락장송에서 골짜기의 작은 옻나무까지 사랑을 못 받은 나무는 한 그루도 없는 것 같았습니다.

더 놀라운 일은 그 다음에 일어났습니다. 선녀봉 단풍이 산악인들이 뽑은 우리나라에서 가장 아름다운 올해의 단풍으로 뽑혔다고 합니다. 해마다 미스 코리아 뽑듯이 공정한 심사에 의해 올해의 단풍으로 뽑힌 산에서는 그해의 단풍 축제가 대대적으로 벌어진다고 합니다.

전국에서 산과 나무를 사랑하는 사람들이 모여들었습니다. 사람의 수효가 나무의 수효보다 많았고, 사람들의 옷은 단풍보다 고왔습니다. 축제는 사흘 동안 계속됐고 마지막 날 캠프파이어를 둘러싼 산악인들의 노랫소리는 산의 뿌리를 흔들 것처럼 우렁찼습니다.

마을 사람들도 덩달아 마음이 들떠서 사흘 동안 아무것도 손에 잡히질 않았습니다. 그들이 태어나서부터 보아 왔고, 죽을 때까지 보면서 살 산이 이 나라에서 가장 아름다운 산이라는 것도 어리둥절했고, 도시 사람들의 산과 나무에 대한 극성스러운 사랑에도 어리둥절했습니다. 특히, '사랑하자'라는 크고 작은 꼬리표는 마을 사람들 마음에 몹시 거슬렸습니다. 남학생이 여학생을 꾀는 것도 아닌 다음에야 의젓한 산과 나무한테 그런 간사스러운 편지질은 당치도 않다고 생각했습니다.

다른 건 몰라도 산이나 나무는 그렇게 간사스럽게 사랑하는 것이 아니란 걸 마을 사람들은 알고 있었습니다.

축제의 마지막 밤. 소음이 가라앉고도 한참을 뒤척이다가 봄뫼는 겨우 잠이 들었습니다. 그러다가 이상한 기척에 잠이 깨었습니다. 그 기척은 멀고도 가까웠습니다. 들릴 듯 말 듯 희미하면서도 지축을 흔드는 큰 소리였습니다.

봄뫼는 겨울밤 산이 우는 소리에 잠이 깬 적이 있습니다. 산이 우는 소리를 들을 때마다 봄뫼는 몸이 티끌처럼 작게 오그라드는 것 같은 두려움과 슬픔을 맛보곤 했습니다.

그러나 봄뫼가 방금 들은 소리는 그런 위엄 있는 소리가 아니었습니다. 봄뫼는 귀에 온 신경을 모으고 그 소리가 다시 들리기를 기다렸습니다. 그러나 그 소리는 다시 들리지 않았습니다. 아마 꿈을 꾸었나 보다고 마음을 가라앉히고 잠을 청하다가 봄뫼는 아까보다 더 분명하게 또 그 이상한 소리를 들었습니다.

봄뫼는 혹시 사랑에서 아버지가 편찮으신 게 아닌가 하는 생각이 들었습니다. 그 소리는 어딘지 앓는 소리 비슷했습니다.

봄뫼는 조용히 문을 열고 봉당으로 내려섰습니다.

봉당에 한뫼가 나와 있었습니다.

"오빠 왜 나왔어? 자다 말고……."

아직 한밤중이었습니다.

"너야말로 자다 말고 왜 나왔니?"

"이상한 소리를 듣고 깼어."

"너도 그 소릴 들었구나."

"그럼 오빠도 들었어?"

"그래."

"그 소리가 무슨 소리지?"

"무슨 소리 같디?"

"앓는 소리 같았어. 그래서 혹시 아버지가 편찮으신 게 아닌가 겁이 나서 나온 거야."

"아버진 코 고시며 곤히 주무신다. 그렇지만 듣긴 바로 들었다. 그건 앓는 소리였어."

"누가 아픈데?"

"산이 앓는 소리야."

"산이 앓는 소리? 설마……."

봄뫼는 한뫼의 소리를 우스갯소리로 받아들이려고 합니다. 그때 그 소리가 또 났습니다.

그 소리는 한숨 같기도 하고 비명 같기도 하지만, 이 세상의 살아 있는 것들이 낼 수 있는 어떤 한숨이나 비명하고도 닮지 않았습니다. 그 소리는 들릴 듯 말 듯 희미하면서도 지축을 흔들 것처럼 우렁차기도 합니다. 그건 소리였지만 귀청을 울리지 않고 마음을 울리는 소리였습니다. 봄뫼는 그 소리가 산이 앓는 소리라는 한뫼의 말이 옳다고 생각했습니다. 산이 앓는 소리는 밤새도록 봄뫼와 한뫼의 마음을 슬프게 했습니다.

산의 나무처럼 많은 등산객이 다음 날 아침에 산을 떠났습니다. 단풍 축제가 끝났기 때문입니다. 떠나면서도 그 사람들은 비단폭을 두른 것처럼 아름다운 선녀봉을 카메라에 담기에 바빴습니다. 그 많은 사람이 마지막 필름의 셔터를 누르고야 발길을 돌렸습니다.

오늘 선녀봉의 단풍을 보았으므로 내일 죽어도 한이 없노라는 문필가의 허풍이 모든 사람에게 옮아 붙은 것처럼 사람들은 저마다 최고의 찬사를 선녀봉에게 보냈습니다.

그리고 선녀봉에 꽃이 피든 단풍이 들든 감격할 줄도 모르는, 땅이나 파는 봄뫼네 마을 사람들을 무지렁이 보듯이 경멸하면서 떠나갔습니다.

그러나 그들 중 아무도 어젯밤 산이 몸살 앓는 소리를 듣지 못했듯이, 그들 중 아무도 선녀봉의 단풍에 병색이 완연하다는 것을 알지 못했습니다.

선녀봉의 단풍은 여전히 고왔지만 속으로 깊은 병색을 숨기고 있다는 것을 봄뫼와 한뫼는 단박에 알아봤습니다. 앓는 소리를 귀보다 마음으로 들은 것처럼 병색도 눈보다 마음으로 알아봤는지도 모릅니다.

가을이 가고 겨울이 되었습니다. 도시 사람들이 잘 몰라서 그렇지 선녀봉은 일 년 중에서 겨울이 가장 아름답습니다. 한뫼는 특히 겨울나무를 좋아합니다. 잎에 가렸을 때보다 잎을 떨어뜨린 후의 나무는 제각기 참 아름다움을 드러냅니다. 가장귀가 분수 줄기처럼 유연하게 땅으로 휜 나무도 있고,

곧장 하늘을 향해 힘찬 선을 뻗은 나무도 있고, 온몸으로 자유롭게 춤추는 나무도 있습니다.

그 많은 나무가 다 다르게 생겼으면서도 한결같이 의젓하고 만만찮은 의지를 감추고 있는 것처럼 힘세어 보이는 것도 겨울입니다.

나무는 큰 나무도 있고, 작은 나무도 있고, 가장귀가 복잡한 나무도 있고, 단순한 나무도 있습니다. 그러나 그중 한 가장귀도 보태거나 꺾어 낼 수 없도록 그 나름대로 완성되어 있음에 새삼 놀라게 되는 것도 겨울나무일 때입니다.

그런데 이게 웬일입니까. 나무가 아무리 몸부림쳐도 떨어뜨릴 수 없는 군더더기를 나무마다 하나씩, 많으면 두셋씩 달고 있었습니다. 그것은 '나무를 사랑하자', '산을 사랑하자'는 빨간 비닐 꼬리표와 깡통 재떨이였습니다. 겨울나무한테 그것은 정말로 꼴불견의 군더더기요, 참을 수 없는 모욕이었습니다.

평소 말수가 적으신 봄뫼 아버지조차 그것만은 참을 수 없으셨던지 입맛을 다시면서 한 말씀 던지셨습니다.

"나무마다 웬 연애편지 같은 걸 달고 있으니…… 아무리 할 일 없는 사람이기로서니 어디다 대고 장난을 못해서 나무한테 그런 실없는 장난을 친다냐?"

한뫼는 우울하다기보다는 차라리 울분을 억제할 수 없는 마음으로, 추악하게 변한 겨울 산을 거닐다가 문 선생님을 만났습니다.

"한뫼야, 무슨 고민이 있니? 안색이 안 좋구나."

"제가 곧 중학교를 졸업한다는 것은 선생님도 아시죠?"

"그래. 그러잖아도 읍내보다 더 큰 도시의 고등학교에 보내시라고 아버님께 권했는데……."

"알고 있어요."

"아마 그게 잘 안 된 거로구나. 그렇다고 그렇게 실망할 건 또 뭐냐? 넌 고등학교에 안 가도 능히 훌륭한 농사꾼이 될 수 있을 거다."

"제가 고등학교 가는 데 아버지하고 문제가 있는 것이 아니라 이 나무늘하고 문제가 있어요."

"나무들하고?"

"예. 나무들하고요. 이번 겨울방학을 고등학교 갈 공부를 하며 보낼 것인가, 이 산의 나무들이 달고 있는 꼬리표를 떼어 주는 일로 보낼 것인가가 심각한 고민이에요."

"겨울방학 동안 하루도 쉬지 않고 그 일만 해도 너 혼자 힘으로 그걸 다 떼어 내진 못할걸."

"해 보는 데까진 해 보고 싶어요."

"곧 산은 눈으로 뒤덮여."

"눈이 쌓이면 그 일이 더 어려워지겠죠. 중요한 건 그 일을 할 수 있느냐 없느냐보다, 그 일은 분명히 잘못된 일인데 가만히 보고 있어야 하느냐는 거에요."

"한뫼야, 그 말 잘해 줬다. 그 일은 분명히 잘못된 일이니까 고쳐져야 한다. 이왕 고치려거든 실력을 쌓아서 그런 잘못이 일어나고 있는 본고장으로 파고들 생각은 없니? 실상 우리 고장에서 일어난 일은 어떤 잘못이 시작될 작은 징조에 불과하단다. 지금 여기저기서 사람과 자연 사이에 훨씬 큰 잘못들이 일어나고 있으니까."

"그런 건 저도 벌써부터 느끼고 있었어요. 그 맑던 읍내의

강이 독한 냄새를 피우면서 자기가 키우던 물고기를 마구 죽여 허연 배를 드러내고 둥둥 떠내려가게 내버려 두는 것을 보면 잘못돼도 뭐가 크게 잘못돼 가는 것 같아 무서워지곤 했거든요."

"녀석도, 무서울 것까지야 뭐 있니?"

"자연은 언젠가는 꼭 자연을 해치는 사람을 크게 혼내 줄 것 같아서요."

"자연을 해치는 건 나쁘지만 사람이 살기 위해 싸움을 거는 건 어쩔 수 없는 일이라고 생각한다. 사람들은 여태까지 쭉 그렇게 살아왔고. 그래서 나는 요새 일어나고 있는 잘못에 대해 이렇게 생각한다. 자연에 대해 너무 모르는 사람이 자연과의 싸움질을 맡아보는 본고장 일을 하고 있기 때문이 아닌가 하고. 자연을 사랑한다는 간사스러운 고백은 한 번도 안 해 봤으되, 이심전심으로 자연의 마음을 잘 아는 시골 사람이 그 본고장 일에 관여할 수 있는 실력만 있으면 오늘날 같은 잘못은 안 일어났을 텐데…… 안 그러냐, 한뫼야?"

"선생님은 그러니까 제가 겨울방학을 나무의 꼬리표 떼는 일로 보내는 것보다는 공부하면서 보내길 원하시는군요."

"임마. 이 문 선생님은 적어도 이 나라에서 제일 좋은 초등학교 선생님인데. 제자리에 있는 잘못을 고칠 수 있는 잘난 열 명의 제자 중에서 잘못의 본고장까지 거슬러 올라갈 수 있는 더 잘난 놈이 한 놈쯤 생겨나길 바란들 좀 어떠냐?"

"우리 고장 사람들이 이제껏 살아온 것처럼 자연을 거스르지 않고 이대로 사는 것도 좋을 것 같아요."

"우리가 원하건 안 원하건 간에 관계없이 그건 어려울 거다."

"전 지난 가을밤. 산이 앓는 소리를 들은 적이 있어요. 또 아무도 못 보는 산의 병색을 본 적이 있어요. 전 겁나요. 자연이 죽으면 어쩌나 하고요. 그땐 사람이 다 죽는 날이다 싶어요."

"바로 그게 어쩔 수 없는 사람의 운명이지. 살기 위해 끊임없이 자연과 대결하지 않으면 안 되지만 결국은 자연과 공동운명체라는 것이. 그러니까 대결은 하되 자연의 마음에 거슬리지 않게 해야지. 자연의 마음이란 알고 보면 단순해. 정직하고 정정당당한 것을 좋아하고 비겁한 속임수를 싫어하니까 그것만 피하면 되는 거야.

이를테면 사람들이 정정당당하게 자연과 부딪쳐 개펄을 막아 바다에 둑을 쌓거나, 땅을 깊고 깊게 파서 그 밑의 지하수를 끌어올리거나 흐르는 강물을 막아 저수지를 만들거나 하는 일에는 대체로 너그러운 것이 자연이지. 그렇지만 자연이 목숨 가진 것들에게 마음껏 퍼 마셔도 좋다고 약속한 공기나 강물에 사람이 몰래 독을 타는 짓 같은 것은 절대로 용서 안 할걸. 그건 자연의 마음에 크게 어긋나는 일이니까.

생각해 봐라. 자연이 비바람, 천둥 번개, 가뭄이나 홍수로 사람들한테 심술 부린 적은 있어도 한 번이라도 사람들한테 먹을 거라고 약속한 열매에 몰래 독을 친 일이 있나. 지구상엔 수많은 열매가 있지만 단 하나의 좁쌀알 속에도 먹을 거라고 약속한 이상 독을 치는 것 같은 실수는 한 일이 없는 것이 자연이야. 이런 자연의 마음을 모르는 사람들이 자연과 싸우는 법을 먼저 배워서 써먹는다는 것이 어찌 두려운 일이 아니겠니."

쟁이들만 사는 동네

우리들이 사는 동네보다 조금 더 하늘 가까운 곳에 미쟁이, 칠쟁이, 땜쟁이, 기와쟁이, 석수쟁이, 점쟁이…… 온갖 쟁이(장이)들이 다 모여 사는 동네가 있었습니다. 쟁이는 다 살고 있었지만 욕심쟁이는 없었나 봅니다. 집들은 식구가 겨우 발이나 뻗고 잘까 말까 하며, 작은 집 속엔 그날 먹을 양식하고 먹고사는 데 꼭 필요한 세간밖에 없었습니다.

집들은 다 똑같이 생겼고 문패도 없었지만 미쟁이네는 미쟁이네답고, 땜쟁이네는 땜쟁이네답고, 칠쟁이네는 칠쟁이네다웠습니다.

미쟁이네 문간엔 흙손이나 삽, 괭이가 뒹굴고 있게 마련이고, 칠쟁이네 뒤란에선 사다리나 페인트 통이 엿보였기 때문입니다.

그러나 아무리 보아도 무슨 쟁이넨지 짐작할 수 없는 집이 딱 한 집 있었습니다.

그 집 마당엔 아무런 연장도 없이 다만 사시사철 꽃이 만발했습니다. 빨강, 분홍, 주황, 노랑, 파랑, 보라. 온갖 꽃이 한꺼번에 피기도 하고 번갈아 피기도 했습니다.

사람들은 그 집을 환쟁이(화가)네라고 불렀습니다.

모든 쟁이는 아침이면 그들의 연장을 갖고 돈을 벌러 나가지만 환쟁이는 나가지 않습니다. 하다 못해 장님인 점쟁이까지도 지팡이 짚고 점을 치러 나가건만 환쟁이는 집에만 있었습니다.

쟁이의 아내들은 쟁이가 나간 후 빨리빨리 집을 치우고, 후딱후딱 빨래하고, 그리고 오래오래 화장을 합니다. 화장을 다 하고는 모여 앉아 수다를 떱니다. 쟁이의 아내들은 하나같이 멋쟁이에다 수다쟁이인가 봅니다.

그러나 환쟁이의 아내는 이것까지 못합니다. 남편이 돈벌이를 안 나가니까 대신 돈을 벌어 와야 하기 때문입니다.

환쟁이의 아내는 중매쟁이입니다. 중매쟁이란 외로워서 불행한 사람에게 짝을 찾아 주어 외롭지 않고 행복하게 해 주는 일을 하는 사람입니다. 그러니까 미쟁이와 칠쟁이와 마찬가지로, 우리가 사는 데 없어선 안 될 사람입니다.

환쟁이의 아내가 짝을 찾아 주어 행복하게 된 사람은 셀 수도 없이 많습니다. 씩씩한 청년에겐 아름다운 처녀를, 쓸쓸한 홀아비에겐 혼자 사는 과부를 데려다 짝을 맞추어 주었습니다.

환쟁이 아내의 눈엔 외로운 사람은 모두 반쪽으로 보였기 때문에 어떡하든 나머지 반쪽을 찾아 온전하게 해 놓아야만 직성이 풀렸습니다.

뚝배기의 반쪽은 뚝배기의 나머지 반쪽이 있어야만 온전해집니다. 접시의 반쪽은 접시의 나머지 반쪽이 있어야만 온전해집니다.

이것은 아주 간단한 이치이면서도 어려운가 봅니다. 세상엔 뚝배기의 반쪽과 접시의 반쪽이 만난 것처럼 우스운 부부도 많습니다.

보통 사람 눈엔 그게 안 보이지만 환쟁이의 아내는 진짜 중매쟁이이기 때문에 그게 잘 보입니다. 그래서 영락없이 진짜 반쪽을 찾아 주기 때문에 그 여자가 중매한 쌍들은 모두모두 행복합니다.

그렇지만 돈을 많이 벌진 못합니다. 그 여자의 중매로 짝을 찾은 쌍들은 그 여자를 마음으로부터 고마워하지만 많은 사례를 하진 못합니다. 그들은 모두 한결같이 가난하기 때문입니다.

부자 중에도 짝이 없어 외로운 사람이야 많지만 중매쟁이는 우선 가난한 사람부터 짝을 찾아 주고, 부자는 천천히 찾아 주기로 마음먹은 것입니다. 가난한 데다가 또 외롭기까지 하다는 건 너무 가엾은 일이라고 중매쟁이는 혼자서 판단한 겁니다.

그러니 가난한 사람을 모조리 짝지어 줄 때까지 중매쟁이는 가난할 수밖에 없겠죠.

가난하지만 밥을 굶지는 않으니까 큰 불만은 없습니다. 다만 남편인 환쟁이에게 비싼 물감을 충분히 사 주지 못하는 게 늘 마음이 아픕니다.

그래서 중매쟁이는 틈나는 대로 정성껏 꽃을 가꾸는 겁니다. 빨간 꽃에선 빨강 물감이 나옵니다. 파란 꽃에서 파랑 물감이 나옵니다. 색색 가지 꽃을 다 키우니까 색색 물감이 다 나옵니다.

환쟁이는 온종일 그림을 그립니다. 빨강 물감으론 빨간 꽃을, 노랑 물감으론 노란 꽃을 그립니다. 환쟁이가 허구한 날 그린 꽃들의 수효는 아마 밤하늘의 별보다도 더 많을 것입니다.

아내는 남편이 그린 꽃을 자기가 기른 꽃보다 더 사랑합니다. 밤하늘의 별보다 더 높이 우러러봅니다.

아내는 남편이 쉬지 않고 꽃을 그리게 하기 위해 쉬지 않고 꽃을 가꾸어야만 했습니다.

외로운 사람을 위해 짝을 찾아 주랴, 남편을 위해 꽃을 가꾸랴, 아내는 너무도 바빴습니다.

거울에도 빨간 꽃을 새빨갛게, 파란 꽃은 새파랗게, 노란 꽃은 샛노랗게 피우기 위해 자기는 냉방에서 오들오들 떨지 언정 꽃밭에 난로를 피우고, 햇빛이 들어오는 유리 천장을 덮어 두었습니다.

그래도 아내는 행복합니다. 남편은 아름다운 꽃을 그리는 한 행복하고, 아내는 남편이 행복한 한 행복할 수밖에 없습니다.

아내는 진작부터 알고 있었습니다. 자기야말로 이 세상에 단 하나밖에 없는 남편의 반쪽임을.

그렇게 행복한 오랜 날들이 지났습니다. 아내에게 근심이 하나 생겼습니다. 허구한 날 손수건만 한 화판에 작은 꽃들만 그리느라 남편의 눈은 짓무르고 어깨는 굽고 허리는 휘었습니다. 남편의 건강이 염려되었습니다.

"여보, 좀 쉬었다 하세요. 허리와 어깨를 펴고 숨도 크게 내쉬시고, 담 너머 하늘도 좀 보세요. 꽃만 아름다운 게 아니라 구름도 아름답답니다."

그러나 환쟁이는 들은 체도 안 했습니다. 그래도 아내는 끈질기게 남편을 꾀었습니다.

어느 날 드디어 환쟁이는 아내의 말대로 하기로 했습니다. 실상 환쟁이도 아내를 사랑하기론 아내가 환쟁이를 사랑하는 것에 지지 않았거든요.

환쟁이는 실로 오랜만에 꽃에 대한 집착을 잠시 거두고, 허리를 펴고 심호흡을 하고 하늘을 보았습니다. 마침 저녁나절이었습니다. 하늘은 핏빛으로 장엄하게 물들고 있었습니다.

꽃 말고도 그런 아름다움이 이 세상에 있다는 것은 환쟁이에겐 너무도 큰 놀라움이었습니다. 놀라움인 동시에 부끄러움이기도 했겠죠. 환쟁이는 온몸의 피가 거꾸로 흐르는 것 같은 흥분을 맛보았습니다.

그 장엄한 저녁노을이 사라진 후에도 환쟁이는 스스로의 흥분을 진정시킬 수가 없었습니다.

그때부터 환쟁이는 마음의 평화를 잃었습니다.

그 장엄한 저녁노을과 싸움이 시작된 것입니다. 어떡하든 그것을 자기의 화폭에 잡아넣지 못하면 미칠 것 같았습니다.

환쟁이는 빨간 꽃이란 꽃은 모조리 뜯어내어 물감을 짜냈습니다. 그러나 뜨거운 선혈이 흐르는 듯한 저녁노을의 빛깔은 나오지 않았습니다.

아내는 해당화, 장미, 모란, 샐비어, 맨드라미, 백일홍…… 온갖 빨간 꽃은 다 심었습니다. 그러나 환쟁이가 원하는 색은 좀처럼 짜낼 수가 없었습니다.

담 밖의 하늘을 보고 나서 환쟁이는 하루하루 더 수척해지고 거칠어졌습니다. 다만 짓물렀던 눈만은 깨끗이 완쾌되어 별처럼 초롱초롱 빛났습니다.

이 세상에 있는 빨간 꽃이란 꽃은 다 모아들여 그 마지막 꽃에서 짜낸 꽃물에 붓을 담그는 환쟁이의 눈엔 광기마저 번득였습니다.

드디어 환쟁이가 환성을 질렀습니다. 마침내 원하는 색을 얻은 것입니다.

"당신 덕이오."

환쟁이는 우선 아내를 위로하고 감격의 눈물을 흘렸습니다. 그리고 곧 환쟁이는 그림에 몰두했습니다. 이제까지 그

렸던 작은 화폭은 하늘을 담기엔 너무 협소했던지, 이 집에서 제일 넓은 벽을 통째로 화폭으로 삼아 버렸습니다.

물감도 무진장 있어야 했습니다. 아내는 열심히 빨간 꽃을 가꾸었습니다. 중매쟁이 노릇도 하러 나가지 않았습니다. 꽃 가꾸는 일이 너무 바빴기 때문인지 아내는 하루하루 수척해졌습니다.

그러나 환쟁이는 넓은 화폭을 물들이기에 침식을 잃고 있는 터라 아내에 대해 아무것도 알려고 하지 않았습니다.

따라서 아내가 몰래몰래 물감 속에 그녀의 선혈을 떨어뜨리고 있다는 것을 알 까닭이 없었습니다.

마침내 장엄한 벽화는 완성되었습니다. 그림의 완성과 동시에 아내는 아름다운 납 인형처럼 쓰러져 숨을 거두었습니다. 숨을 거둔 아내의 모습을 보고서야 이 미련하디미련한 환쟁이는 비로소 아내가 그의 그림을 위해 스스로의 선혈을 마지막 한 방울까지 짜냈다는 것을 알았습니다.

환쟁이는 통곡하고 뉘우치는 대신 아내의 손을 잡고 고요히 숨을 거두었습니다. 환쟁이 역시 그의 마지막 대작을 위해 그의 생명을 모조리 짜냈기 때문입니다.

두 아름다운 죽음을 보고 하늘에서 가까운 이 동네 사람들은 그들이야말로 천생연분이었다고 울먹이며 칭송했습니다.

보시니 참 좋았다

성수, 성미 남매는 주말마다 할아버지를 찾아뵙고 하룻밤을 할아버지하고 같이 자고 돌아옵니다.

할아버지는 서울에서 얼마 안 떨어진 시골에서 혼자 살고 계십니다. 아빠하고 엄마는 할아버지가 혼자 사시는 것 때문에 늘 마음 편치 않아 합니다. 아마 남들이 불효자라고 할까 봐 겁이 나나 봅니다.

그러나 할아버지는 저희 마음 편하자고 늙은 아비를 불편하게 하는 것이 오히려 더 불효라고 하시며 막무가내 혼자 사시기를 고집하십니다. 할아버지가 사시는 마을에는 정든

이웃도 있고, 또 돌아가신 할머니하고 같이 가꾸던 채마밭도 있고, 기르는 개와 고양이, 닭하고 오리도 있습니다.

한번은 성수가 할아버지께 이렇게 여쭤본 적이 있습니다.

"할아버지, 할아버지는 우리보다 복돌이, 얌체 그리고 닭하고 오리를 더 사랑하시죠? 맞죠? 그러니까 우리하고 같이 안 살고 저것들하고만 사시는 거죠?"

복돌이는 할아버지네 개 이름이고, 얌체는 고양이 이름입니다.

"글쎄다. 저것들하고 정이 든 건 사실이지만 너희를 사랑하는 것하고 비교할 수야 없지. 저것들과 떨어지면 누가 돌볼까 걱정도 되고 불쌍한 마음도 들겠지만 그리운 마음은 안 들걸. 그런데 너희는 늘 그립단다. 그리운 마음이 그득해지고. 그리워할 너희가 있다는 걸로 얼마나 행복한지 아니?

그리고 저것들한테는 할아버지의 손길이 꼭 필요하지만 너희에게 필요한 건 멀리 있는 할아버지지 곁에 있는 할아버지가 아니란다."

성수는 명절에 할아버지가 서울에 오셔서 주무실 때마다

제 방에 모시고 자야 하는데 어찌나 코를 고시는지 여러 밤 주무시면 큰일이다 싶었던 생각이 나서 아무 말도 못합니다.

성미도 할아버지 댁에서 자고 갈 때마다 느끼는 건데 할아버지가 보고 싶어 하시는 텔레비전 프로그램과 성미가 보고 싶어 하는 게 딴판이라 하룻밤이니깐 참지. 만일 계속해서 할아버지가 보고 싶어 하시는 프로그램만 보게 된다면 도저히 못 참을 것 같습니다. 그건 성수도 마찬가지일 겁니다. 그래서 할아버지 댁에 갈 때는 할아버지가 텔레비전을 보시는 동안 심심하지 않게 꼭 동화책을 준비해 가지고 갑니다.

그날도 할아버지는 텔레비전을 보고, 성수는 숙제를 하고, 성미는 동화책을 보고 있는데 할아버지는 자주 아이들을 방해하십니다. '얘들아 저, 저, 저것 좀 보렴. 정말 좋구나' 하고 말씀까지 더듬으며 애들을 쿡쿡 찌르십니다.

그런 일은 여태껏 없었던 일입니다. 할 수 없이 애들도 눈여겨보게 되었는데, 어떤 유명한 미술 평론가가 전국에 있는 성당을 순례하며, 스테인드글라스 벽화 또는 조형물을 보여주고는 그 예술적 가치를 설명하는 시간입니다.

벌써 몇 번씩이나 시리즈로 방송했던 걸 오늘은 종합해서 좋은 것들을 다시 한 번 보여 주면서 평론가가 보기에 가장 아름다운 것을 선정하는 순서가 맨 마지막에 있다고 합니다.

성당에 있는 거라 거의 다 성화나 성물들입니다. 할아버지는 성화를 좋아한다기보다는 그림을 좋아하십니다.

어릴 적 희망도 미술가가 되는 거였다고 하는데 집안이 어려워 중학교만 마치고 장사를 시작해 가족을 부양했다는 건 아빠한테 들어서 아이들도 알고 있습니다. 지금도 할아버지는 간단한 미술도구를 가지고 경치나 들꽃, 짐승들을 그리는 걸 취미로 갖고 계십니다. 그래서 아이들은 할아버지가 그 프로그램을 좋아하시는 게 그다지 이상하지 않습니다.

그러나 할아버지의 열중은 좀 지나치십니다. 특히 맨 마지막에 그 평론가가 가장 아름다운 성화로 어느 시골 성당의 벽화를 선정하자 할아버지는 숨이 멎은 게 아닐까 걱정이 될 정도로 숨을 죽이고 화면만 응시하십니다. 화면에 나타난 벽화는 성당 그림으로는 드물게 성화가 아닙니다. 나무와 들꽃, 새와 짐승, 물고기와 곤충 들이 아무렇게나 흩어져 있는 그림입니다.

아이의 솜씨인 듯 수법이 유치할 정도로 사실적입니다만 전체적으로 볼 때 사생화는 아닙니다. 참새를 탄 말, 나무 위에 올라앉은 물고기도 있었으니까요. 아이들은 할아버지의 표정만 가지고는 기뻐하고 계신지 화를 내고 계신지 분간을 할 수가 없습니다.

"할아버지, 저 선생님이 유명한 미술 평론가인 것 맞아요? 저런 그림을 일등으로 한 거 보면 엉터리인지도 모르잖아요."

성미의 물음에 할아버지는 전혀 딴전을 피우십니다.

"요다음 주말에는 우리 같이 저 성당으로 벽화 구경 가자."

할아버지 말씀은 하도 단호해서 아이들은 싫다고도 좋다고도 의견을 말할 기회를 놓치고 맙니다. 그 후에 엄마, 아빠도 아이들 의견을 따로 묻지 않고 할아버지가 전화로 부탁하신 대로 다음 주말에는 아이들을 서울역까지 데려다 줍니다.

서울역에서 만난 할아버지는 아이들과 함께 기차를 타고 대전까지 가서 다시 시외버스로 두 시간이나 더 걸려 텔레비전에 나온 성당이 있는 마을을 찾아갑니다. 아주 오래 걸리

는 외진 동네인데도 할아버지는 지도도 없이, 그렇다고 길을 묻지도 않고 곧장 잘도 찾아갑니다.

시내 건너 야트막한 동산에 안긴 아담한 마을이 보이고 한눈에 성당이라고 알아볼 수 있는 집도 보입니다. 성당은 성미가 다니던 아파트촌의 유치원보다도 작아 보이지만 지나는 길손을 보듬어 안을 듯 정겨운 모습을 하고 있습니다.

"오빠, 할아버지는 길눈이 어두워 운전도 못 배웠다고 하시더니 텔레비전에서 한 번 본 데를 잘도 찾아오신다. 그렇지?"

성미는 성수에게 말을 건 건데 할아버지가 대신 대답을 하십니다.

"할아버지 고향이니까."

"정말요, 할아버지? 능내가 할아버지 고향 아니구요?"

"능내는 느이 할머니 친정 쪽이고 또 서울서 가까워서 늘그막에 할머니하고 둘이서만 살려고 할아버지가 돈 좀 벌었을 때 장만해 놓은 데고, 여기는 할아버지가 태어나서 중학교 졸업할 때까지 살던 진짜 고향이다. 너무 못살던 게 한이 되어 떠나고 나서 다시는 안 돌아왔지. 그 대신 식구들을 서울로 불러 올리긴 했지만……."

"그럼 몇 년 만이에요?"

"거진 육십 년 만인가."

"그런데도 어떻게 그렇게 쉽게 찾으세요?"

"찾기는. 고향에는 잡아끄는 힘이 있단다. 저절로 끌려온걸."

그러나 성당 마당에서 할아버지는 선뜻 안으로 들어가지 못하고 머뭇거리십니다. 마침 사제관에서 나온 젊은 신부님이 성당으로 들어가려다 말고 혹시 벽화 보러 오지 않았느냐고 물었습니다.

"그, 그럼 그, 그렇게 여, 여러 사람이 구, 구경을 옵니까?"

너무 놀란 할아버지는 말까지 더듬으십니다.

"아뇨. 워낙 외진 데라 많이는 아니지만 그래도 텔레비전에 방영되고 나서 하루 한두 팀은 보러 오는 사람이 있습니다. 전화 문의는 부지기수고요. 들어오시지요."

신부님이 손수 안내를 해 주서서 세 사람은 마침내 벽화 앞에 섰습니다. 화면에서 본 것처럼 시골에서 흔히 볼 수 있는 들꽃과 푸성귀, 날짐승과 들짐승, 물고기와 곤충 들이 벽면 하나 가득 자유롭게 흩어져 있습니다. 구도랄 것도 없이 제멋대로 흩어져 있는데도 하나라도 보태거나 빼거나 위치를 바꾸면 안 될 것처럼 완벽하게 조화를 이룬 것이 신기합니다.

할아버지는 마치 벽화 속으로 빨려 들어갈 것처럼 뚫어지게 벽화만 바라보아 성미는 할아버지 손을 꼭 잡았습니다. 세 식구가 하도 말없이 오래 서 있자 신부님이 입을 여십니다.

"전해 내려오는 바에 의하면 이 벽화가 그려진 건 오십 년도 넘는다고 합니다. 누가 그렸는지 작자는 미상인데, 이 그림을 그리게 한 당시의 신부님이 이 그림에 붙인 이름만 지금까지 전해 내려와 우리들은 다들 이 그림을 〈보시니 참 좋았다〉라고 부르지요. 「창세기」에서 그림 제목을 따올 만큼 그 신부님은 이 그림을 아끼셨나 봅니다.

이 성당에서 선종을 하셨다고 하는데, 생전에 몇 번 수리를 하면서도 이 그림 때문에 이 벽만은 건드리지 못하게 하신 게 전통이 되어 나중에 신축을 할 때도 이 벽을 살리도록 설계를 했다니까요.

그때는 이미 이 성당 신자뿐 아니라 이 인근의 어른 아이 할 것 없이 다들 이 그림을 하도 좋아해 헐고 싶어도 헐 수 없었다고 합니다. 그러다 보니 마침내 전국에서 가장 아름다운 성당의 영예까지 안게 된 거죠."

할아버지 손을 잡고 있던 성미는 할아버지가 울고 있다는 걸 느낍니다. 울음 때문인지 할아버지는 그렇게 열심히 설명을 해 준 신부님께 인사도 변변히 안 하고 마치 도망치듯 성당을 나옵니다.

할아버지를 쫓아가다 말고 성수가 대들 듯이 할아버지에게 말합니다.

"그 그림 할아버지가 어렸을 때 그린 것 맞죠?"

할아버지는 누가 들을세라 주위를 돌아보고 나서야 고개를 끄덕였습니다.

"그런데 왜 할아버지는 바보처럼 잠자코 계신 거죠? 그 그림만 유명해지고 왜 할아버지는 유명해지면 안 되나요?"

할아버지가 눈물을 거두시고 엄격한 얼굴로 말씀하셨습니다.

"할아버지가 아주 가난한 소년일 적 얘기다. 소년은 신부님의 과분한 사랑을 받았지. 신부님은 소년이 그림 그리기를 좋아한다는 걸 아시고는 학용품과 함께 화구까지 사 주셨지.

그러던 어느 날, 엄청나게 큰 화판을 내주시며 뭐든지 그려 보라고 하셨지. 아무리 뭐든지 그리고 싶어도 소년은 그때까지 보고 자란 것밖에 못 그렸지. 그 큰 화판이 지금까지 보존된 성당의 벽이란다.

그러나 그 그림을 어떻게 내가 그렸다고 할 수가 있겠니?

내가 그린 건 아주 미숙한 습작에 불과했는데 와 보니 평론가의 말대로 정말 좋은 그림이더라. 내 평범한 그림을 예술로 만든 건 오랜 세월과 사람들의 변함없는 사랑이었다.

명품으로 치는 골동품도 태어날 때부터 명품이었던 게 아니라, 세월의 풍상과 사람들의 애정이 꾸준히 더께가 되어 앉아야 비로소 명품이 되듯이 말이다."

찌랍디다

어린이가 자라서 자기 자신을 책임을 질 만한 어른이 되면 결혼을 합니다. 결혼이란 남남이던 남자와 여자가 서로를 제 몸같이 사랑하여 함께 사는 일이고 남자는 여자에 대해 여자는 남자에 대해 책임을 지는 일이기도 합니다. 서로 책임을 진다는 건 책임을 나눈다는 뜻도 되겠습니다.

남의 책임을 지기 위해서나 나누기 위해서는 우선 자기 자신에게 책임을 질 수 있어야 합니다. 그러나 옛날 옛적, 우리나라엔 여자의 책임이 무엇인지 알고 그걸 능히 감당할 수 있게 된 색시를, 스스로의 책임을 감당할 수 있기는커녕 그

것이 무엇인지 알기에도 아직 먼 어린 신랑에게 시집보내는 나쁜 풍습이 있었습니다.

그런 풍습은 남자의 집에는 매우 유리했습니다. 왜냐하면 일손이 부족한 집에서 열한 살밖에 안 된 신랑이 열일곱 살 먹은 색시를 데려올 수 있으면 품삯도 없이 부지런한 일손을 하나 얻는 셈이 되니까요.

그 시절엔 또 남자만이 한 사람 몫의 생각을 할 수 있고, 여자는 다만 그 생각을 따를 수 있을 뿐이란 엄격한 도덕이 있었기 때문에 그런 풍속이 아무리 여자에게 억울해도 감히 뜯어고칠 엄두를 내는 여자는 없었습니다.

그래서 모든 사람은 아들 낳기만을 소원했습니다. 부처님 한테도 신령님한테도 삼신님한테도 아들 점지해 달라고만 빌었지 딸 점지해 달라고 빌진 않았습니다. 자손이 번성하는 것을 가장 큰 복으로 알면서도 자손 속에 여자는 포함시키지 않았습니다.

그러나 자연의 섭리는 지혜롭고 자비로웠기 때문에 사람 들의 어리석은 욕심에 귀 기울이지 않고 아들과 딸을 고루 점지하셨습니다.

만일 사람들의 욕심을 그대로 들어주었더라면 우리 겨레의 역사는 그 어리석고 욕심 많은 시대에서 끝나고 말았을 것입니다.

또 자연의 섭리는 남자와 여자를 똑같이 사람으로 점지했기 때문에 남자 중에도 똑똑한 남자와 어리석은 남자를 고루 섞었고, 여자 중에도 똑똑한 여자와 어리석은 여자를 고루 섞어서 점지하셨습니다.

똑똑한 사람이란 옳고 그름을 판단할 줄 알고, 그릇된 것은 고치려는 마음의 힘을 가진 사람을 말합니다.

어린 신랑을 미끼로 어른 색시를 데려다 부려먹으려는 그릇된 풍습도 그것을 당하는 여자들 중 똑똑한 여자의 소리 없는 반항에 의해서 오늘날처럼 고쳐질 수가 있었던 게지 저절로 된 게 아닙니다. 소리 없는 반항이었다 함은 그 시절의 도덕 속에서의 외로운 반항이었을 뿐 그것을 뚫고 나와 억울한 사람끼리 손잡고 아우성치는 반항은 아니었기 때문입니다.

그 시절에 있었던 일입니다.

숙성하고 건강하고 아름다운 열여덟 살 색시가 혼인날을 받았습니다. 그 시절의 풍습에 따라 색시는 그때까지 신랑의 얼굴을 본 적도 그 사람됨에 대해 들은 바도 없습니다.

신랑이 열두 살이라는 것과 어디 사는 뉘댁 도련님이란 소리를 어머니한테 들은 것도 색시의 아버지가 신랑의 아버지와 만나 서로 사돈 되기를 언약한 후의 일이었습니다.

시집을 가는 당사자는 색시건만 시집가는 날 받는 데도 참견할 기회를 색시에겐 전혀 안 주고 어른들끼리만 했습니다.

시집갈 날을 받아 놓고 색시는 부모님으로부터 시집가서 지킬 부덕에 대해 다시 한 번 엄한 복습을 했습니다. 마치 수능시험 날을 한 달쯤 남겨 놓고 총복습에 열을 올리는 요즘의 고등학교 졸업반처럼 말입니다.

죽어도 시집 울타리 밑에서 죽어야 한다느니, 시집간 날부터 장님 삼 년, 벙어리 삼 년, 귀머거리 삼 년을 살고 난 후에야 비로소 시집 식구가 될 수 있다느니 하는 소리는 어려서부터 골백번도 더 들은 소린데도 또다시 복습을 강요당합니다.

색시는 보고 듣는 것 중에서 옳고 아름다운 것을 사랑하는 싱싱한 감성과 생각하는 것을 말로 나타내고 싶은 정직한 욕망을 가지고 있었기 때문에 시집가야 한다는 게 마치 지옥으로 떨어져야 한다는 것만큼이나 끔찍합니다.

그러나 한편으론 신랑이 될 사람에 대한 호기심 같기도 하고 그리움 같기도 한, 쏠리는 마음 또한 그녀는 갖고 있었습니다.

그녀의 얼굴과 몸매가 시집가기 알맞게, 꽃답게 피어날 무렵부터 그녀는 장차 신랑이 될 남자의 모습을 마음속에 몰래 간직하고 있었던 것입니다.

마음에 그리던 사람을 만날 수 있다는 설렘이 장님 삼 년, 벙어리 삼 년, 귀머거리 삼 년에 대한 공포를 한결 덜어 줍니다.

혼인날이 되었습니다. 그 시절의 풍습에 따라 혼인의 예식은 색싯집에서 치르게 되었습니다. 혼인날은 온종일 눈을 내리깔고 있어야 되는 거라고 웃어른과 시중 드는 하인이 누누

이 일러두었건만 색시는 초례청에서 살짝 신랑을 훔쳐보았습니다.

꿈에 그리던 늠름하고 잘생긴 헌헌장부 대신에 잔망한 코흘리개가 한눈을 팔며 맞절을 하고 있었습니다. 신랑은 색시의 막냇동생보다도 어렸던 것입니다.

색시의 실망은 초례청에서 끝나지 않았습니다. 색색의 과일과 유과와 떡을 한 자가 넘게 괸 신랑상을 받은 코흘리개 신랑은 체면 차릴 줄도 모르고 마구 집어 먹기 시작합니다.

여기저기서 수군수군 신랑 흉보는 소리, 킬킬 웃는 소리, 쯧쯧 한심해 하는 소리, 색시는 눈은 감고 있지만 귀를 막고 있진 않았기 때문에 다 듣습니다.

조카를 장가들이기 위해 후행으로 따라온 코흘리개 신랑의 삼촌이 배탈 날라 그만 먹으라고 타이르는 소리도 들립니다.

색시 어머니는 세상에 우리 사위 식성도 좋지, 그래야 무럭무럭 자라 의젓한 장부가 되지, 하면서도 저 콩꼬투리만 한 게 언제 자라 사람 노릇 하랴 싶어 한심하기 짝이 없습니다.

첫날밤이 되었습니다. 색시는 눈 내리깔고 족두리 쓰고 다

소곳이 앉아 신랑이 족두리를 내려 주길 기다립니다. 신랑이 신방에 든 지는 오래건만 도무지 족두리를 내려 줄 기색이 보이지 않습니다. 기다리다 못해 색시는 눈을 뜨고 신랑을 찾았습니다. 자세히 보니 발뒤꿈치로 꽁무니를 단단히 틀어 막고 앉았는 꼴이 뒤가 급한 모양입니다. 낮에 그렇게 주책 없이 닥치는 대로 주워 먹었으니 속이 편할 리가 없습니다.

"측간에 다녀오시지요."

색시는 조용히 말했습니다.

"측간이 어딘데?"

"안마당 지나 중문 지나 사랑마당 지나 대문 지나 바깥마당 지나 텃밭 지나 느티나무 곁에 있습니다."

"싫어. 싫어. 난 밤에 무서워서 뒷간에 못 간단 말야."

색시는 어린 신랑이 한심했습니다만 얼굴에 화색을 잃지 않고 차근차근 혼자서 족두리를 내리고 활옷을 벗었습니다. 그리고 신랑을 측간에 데려가기 위해 손을 잡아 일으켰습니다.

신랑이 꽁무니를 들자마자 이상한 소리와 함께 역겨운 냄새가 났습니다.

"난 몰라, 난 몰라, 쌌단 말야. 색시 땜에 똥 쌌단 말야."

신랑은 제가 똥을 싸 놓고 남의 탓을 하면서 온몸으로 도리질을 했습니다. 열두 살이면 많은 나이는 아니지만 적은 나이도 아닌데 왜 이렇게 잔망할까 싶어 색시는 속으로 서글펐지만 여전히 얼굴에 화색을 잃지 않고 더러운 바지를 벗기고 깨끗이 씻겨서 자리에 눕혔습니다.

"편히 주무세요."

"내일 아침엔 뭘 입지?"

"염려 놓고 편히 주무세요. 아무도 모르게 빨아서 새로 지어 놓을 테니까요."

거북하던 배 속의 것을 시원하게 싸 버린 신랑은 곧 잠이 들었습니다. 그러나 내일 아침 일이 큰일입니다. 어린 신랑을 안심시키느라 큰소리는 쳤지만 요새 옷하고 달라서 옛날의 명주 솜바지를 하룻밤 새 빨아서 다시 지어 놓는다는 건 말도 안 되는 소리입니다.

한쪽에 뭉쳐 놓은 바지에서 무럭무럭 풍겨 오는 냄새를 맡으며 색시는 어린 신랑보다는, 차라리 그런 철부지를 벌써 장가들인 시부모님에 대해 참을 수 없는 노여움을 느낍니다.

그렇다고 그걸 트집 잡아 시댁을 거역할 수 없다는 걸 색시는 너무도 잘 알고 있습니다. 거역은커녕 시댁에 대한 불만을 누구에게 말하거나 안색에 나타내서는 안 된다는 것도 알고 있습니다. 여자는 시댁에 순종하고 얼굴에 화색을 잃지 않되 수선스럽지도 수다스럽지도 않고 한결같이 조용해야 할 것을 배우고 익혀 왔던 것입니다.

색시는 심부름하는 계집종을 조용히 불러냈습니다.

"너 사랑에 좀 나가 보고 오너라."

사랑에 나가 본 계집종은 모두 잠들어 계시더라고 아뢰었습니다.

"너 감쪽같이 사랑에서 바지 하나를 훔쳐 올 수 있겠느냐? 아니다 참, 훔쳐 오라는 게 아니라 바꾸어 오라는 게다."

"낮에 약주들이 과하시어 바지 아니라 몸째 업어 내도 모르시게 곤히들 잠들어 계시온지라 그건 어렵지 않사오나 무엇 하시려고 바지를 훔쳐 내라 하시는지……."

"훔치는 게 아니라 바꾸려 함이래도."

색시는 계집종이 여러 말 할 기회를 주지 않고 혼수 중에서 명주 솜바지를 꺼내 주면서 말했습니다.

"이걸 갖다 놓고 대신 남자 바지를 내오거라. 그러나 아무거나 내오는 게 아니고 꼭 시삼촌 되실 분의 바지여야 한다. 그분이 무슨 바지를 입고 계신지 똑똑히 봐 두었으렷다."

"그러문요. 새 사돈어른인뎁쇼. 회색 명주삼팔바지를 입고 계셨사옵니다."

"꼭 그걸로 바꿔 내와야 한다. 실수 없도록."

계집종은 별로 어렵지 않게 여자 솜바지와 새 사돈의 명주삼팔바지를 바꾸어 왔습니다.

신랑이 잔망한 건 나이도 나이지만 내력인 듯 신랑 삼촌의 바지도 큰 편은 아니어서 다행이었습니다. 색시는 시삼촌 바지를 잠든 신랑의 머리맡에 개켜 놓고 똥 싼 바지는 둘둘 뭉쳐 옻칠한 궤짝 속에 넣어 두었습니다.

아침이 되었습니다. 색시는 신랑에게 어젯밤에 바꾸어 놓은 삼팔바지를 입혔습니다. 좀 그니는 했지만 양복바지하고 달라서 허리띠를 치켜 매고 대님을 매니까 그럭저럭 입을 만

했습니다. 신랑은 똥 싼 바지는 감쪽같이 없어지고 부숭부숭한 새 바지를 입게 된 것만 좋아서 바지가 커도 불평 한마디 안 했습니다.

자, 색시방 일은 이렇게 잘 처리가 됐지만 사랑방 일이 큰일입니다. 조카 장가들이러 와서 잘 대접받고 편히 자고 난 사돈 영감님, 자리 속에서 담배 한 대 피우고 기분 좋게 일어나 우선 바지 먼저 입으려는데 이게 웬일입니까? 자기 바지는 간 데 없고, 같은 명주삼팔바지가 있긴 있는데 아랫도리가 화발통처럼 터진 여자 바지가 아니겠습니까?

주인 영감도, 손님으로 와서 묵은 일가친척들도 일찍 일어나 소세하러 나간 듯 사랑방엔 자기 혼자뿐인데 바지 또한 여자 바지 한 벌뿐이니 기가 찰 노릇입니다. 그렇다고 딴 일도 아니고 그런 있을 수도 없는 일로 새 사돈집에서 소란을 피울 수도 없습니다. 안팎에 큰 웃음거리가 될 것은 뻔합니다.

여기서 하나 알아 둘 일은 여자 바지와 남자 바지의 생김새 차이입니다. 여자들이 지금의 내복처럼 치마 속에 입던 바지는 아랫도리가 화발통처럼 터졌습니다만 터진 부분은

겹으로 여미게 돼 있어서 그 부분만 여며 놓으면 거의 남자 바지의 모양과 비슷했습니다.

사돈 영감은 여자 바지를 입기로 했습니다. 바지만 바뀌었을 뿐 다행히 허리띠와 대님은 그대로 있었습니다. 여자 바지를 입고 터진 아랫도리를 잘 여미고 대님 매고 저고리 입고 조끼 입고 마고자까지 입으니까 과히 어색하진 않았습니다. 걸을 때마다 여민 아랫도리가 벌쭉거리며 바람이 들어오는 게 흠이었지만 지금 그걸 가릴 계제가 아닙니다. 어떡하면 아무도 눈치채지 않게 하루를 넘길 수 있느냐가 문제입니다.

사돈 영감은 방 안에서 몇 번 오리걸음을 걸어 보고 소세를 하러 밖으로 나갔습니다. 다행히 아무도 그가 여자 바지를 입고 있다는 걸 눈치채지 못했습니다. 그는 될 수 있는 대로 걸음 너비를 조금씩 떼어 놓으며 오리처럼 종종걸음을 쳐 다녔습니다.

한편 색시는 어머니한데 부탁해서 사랑방 어른들도 안채에서 아침을 들도록 아침상을 보게 했습니다.

사돈 영감은 무사히 소세를 끝마치고 아침상 들어오기를 기다리는데 안채로 듭시라는 전갈이 왔습니다. 주인 영감님은 물론 손님들도 군말 없이 일어서서 안으로 들어가는데 자기만 싫다고 할 수는 없습니다. 사돈 영감은 종종걸음을 치면서 딴 손님들 사이에 끼어들었습니다. 안채로 들면서 보니, 부엌과 안방, 건넌방에서 여자들이 고개를 내밀고 구경들을 하는데 뭐니 뭐니 해도 새 사돈의 거동이 여자들의 가장 큰 관심사인 것 같았습니다. 사돈 영감은 자기에게 집중된 여자들의 시선을 따갑게 의식하며 어쩔 줄을 모릅니다.

사돈댁의 일가친척 여자들에게 점잖게 보이고 싶긴 한데 마음껏 거드름을 피우며 갈지자걸음을 걷자니 바지 아랫도리가 벌쭉댈까 겁이 납니다. 종종종 오리걸음을 걷자니 점잖은 남자 체면이 말이 아닙니다.

그래도 그럭저럭 무사히 댓돌까진 올랐는데 자아, 마루로 오를 일은 참으로 난감합니다. 마루가 너무 높았기 때문입니다. 여러 사람 사이에 휩싸여 오르려고 했으나 그것조차 뜻대로 되지 않았습니다.

"자, 오르시죠."

잔칫집에선 새 사돈이 가장 귀한 손님이라 모두 비켜서면서 사돈 영감이 먼저 마루에 오르기를 권합니다.

궁하면 통한다고, 사돈 영감님도 궁지에 몰리니까 자기도 모르게 번개처럼 신기한 꾀가 떠올랐습니다.

사돈 영감님은 껄껄껄 파안대소를 하면서 주인 영감님한테 말을 걸었습니다.

"사돈 어른."

"네."

"사돈 어른, 댁의 따님 우리 가문의 며느리 되어 좋고, 우리 가문의 아들 댁의 사위 되어 좋고, 피차 이런 경사가 어디 있겠습니까?"

"여부가 있겠습니까?"

"우리 좋은 김에 놀이 삼아 내기나 하나 하실까요?"

"내기라뇨?"

"다 늙은 게 주책 부리는 것 같습니다만 이 마루를 모듬빌 뛰기로 뛰어오르기 내기를 하면 어떻겠습니까. 제가 소싯적부터 워낙 장난을 좋아해서 그런지 사돈댁 마루를 그냥 오르기가 어쩐지 싱겁군요."

새 사돈 영감의 거동을 구경하던 여자들이 참 재미있는 양반이라고 수군거리는 소리가 들립니다.

"좋습니다."

색시 아버지인 주인 영감도 소싯적에 장난깨나 하던 솜씨라 단박에 찬성을 하더니 제일 먼저 모듬발 뛰기로 거뜬히 마루로 뛰어올랐습니다. 딴 손님들도 그 놀이가 재미있었던지 너도나도 모듬발 뛰기로 마루에 뛰어올랐습니다. 어떡하다 사돈 영감 혼자 치지고. 모든 사람의 호기심 어린 시선이 그에게 집중됐습니다.

신랑도 마루 끝까지 나와 자기 삼촌이 내기에 질세라 손뼉을 치면서 격려를 합니다.

이때 사돈 영감님은 자기의 명주삼팔바지를 조카가 입고 있는 걸 보았습니다. 간밤에 무슨 일이 신방에서 일어났으리란 것이 대강 짐작됩니다. 자기가 계획적으로 망신을 당하고 있을지도 모른다는 생각도 듭니다. 그러나 이미 어쩔 수가 없습니다. 피하는 데까지 피해 보고 당하는 데까지 당할 수밖에.

사돈 영감님은 발을 모으고 죽자구나 마루를 향해 뛰어올랐습니다. 그러나 힘이 약간 부쳤나 봅니다. 발끝이 마루 끝을 살짝 건드리고 나서 뒤로 벌렁 나가떨어졌습니다. 네 활개를 벌리고 나가떨어졌으니 꼭꼭 여몄던 여자 바지의 아랫도리가 활짝 열린 건 말할 것도 없습니다.

"에구머니 망측해라."

구경하던 여자들은 일제히 비명을 지르며 안으로 고개를 움츠렸습니다.

한편 색시는 똥 싼 바지를 담은 옻칠한 궤짝을 비단 보자기로 쌌습니다. 그리고 계집종을 불렀습니다.

"너 이것을 우리 시댁에 여다 드리고 오너라."

"이게 뭔데요?"

"넌 알 거 없다."

"그래도 사돈댁 어른이 뭐냐고 물으시면 대답을 할 수 있어야죠."

"뭐냐고 묻거든 '찌랍디다'로 아뢰어라."

계집종은 비단 보자기에 싼 것을 이고 한달음에 사돈댁까지 갔습니다. 새아씨가 보낸 물건을 가지고 왔다고 하자 웃어른들이 대접도 융숭하게 안으로 맞아들였습니다.

비단 보자기를 끄르자 옻칠도 아름다운 궤짝이 나왔습니다.

"이 속에 무엇을 넣어 보내셨는지 아느냐?"

누군가가 계집종에게 물었습니다.

"찌랍디다."

계집종은 간단히 아뢰었습니다. 아랫목에서 듣고만 있던 노마님이 얼굴에 만족한 웃음을 띠고 말했습니다.

"찔 것 없다. 사돈댁에서 보내신 귀한 건데 좀 굳었으면 어떻겠느냐?"

아랫사람들이 궤짝을 열려고 했습니다. 그러나 노마님은 엄한 얼굴로 타일렀습니다.

"사돈댁에서 보내신 걸 사당에 고하여 조상님이 먼저 운감하신 후에 먹도록 함이 옳으니라."

아랫사람들은 미처 거기까지 생각이 못 미친 걸 부끄러워하며 얼른 궤짝을 사당으로 옮기고 향불 피우고 절하고 나서 다시 노마님 앞으로 가져왔습니다. 노마님이 궤짝을 열었습니다.

그 속에서 나온 건 떡이 아니라 새신랑의 똥 싼 바지였습니다.

'찌' 란 똥의 다른 말입니다.

이런 기막힌 망신을 당하자 아들을 너무 일찍 장가들였다는 뉘우침보다는 감히 시댁에 그런 망신을 준 새댁을 괘씸하게 여기는 마음이 더했습니다.

그러나 워낙 신랑이 변변치 못해 당한 일이라 여러 사람 앞에 드러내 놓고 문제 삼는 것도 누워서 침 뱉기입니다.

이럴 수도 저럴 수도 없는 시댁 식구들은 다만 시집살이나 지독하게 시킬 것을 벼르고 있는 게 고작이었습니다. 색시는 시집와서 어린 신랑을 지성으로 거두고 공부시키고, 시부모님께 효성스럽고 동기간에 우애 있기가 한결같아서 시댁 식구들은 색시가 그런 일을 꾸몄으리라는 걸 점점 믿을 수 없게 되었습니다. 그러나 일가 문중에서나 동리 사람 중에서 어린 신랑을 장가들이고자 하는 일이 생기면 극구 말리기를 잊지 않았습니다.

굴비 한 번 쳐다보고

옛날 옛적 시골에 한 구두쇠가 살고 있었습니다. 이웃에 소문이 자자할 만큼 지독한 구두쇠여서 사람들은 그를 고린 재비라고 불렀습니다.

고린재비에겐 세 아들이 있었습니다. 한창 자랄 나이의 몸 튼튼한 아이들은 먹어도 허기져 있었습니다. 이런 아이들을 앞에 놓고 고린재비는 궁리를 했습니다. 밥 안 먹으면 굶어 죽지만 반찬 안 먹는다고 죽진 않을 텐데, 반찬에 돈 들이는 건 틀려먹은 짓이다. 어떡하면 틀린 걸 바로잡나 고민에 고 민을 거듭했습니다. 참으로 고린재비다운 고민이었습니다.

고린재비는 어느 날 드디어 틀린 것을 바로잡을 방법을 발견하고 무릎을 치며 좋아했습니다.

고린재비는 장에 가서 짜게 절여서 소금버캐가 허옇게 내솟은 굴비를 한 마리 사 왔습니다. 그리고 그것을 천장에 매달아 밥상 한가운데로 늘어지게 했습니다.

밥 한 숟갈 먹고, 굴비 한 번 쳐다보고, 또 한 숟갈 먹고, 굴비 한 번 또 쳐다보고…….

고린재비는 끼니마다 아이들에게 밥 한 그릇씩 주고 이렇게 구호를 외쳤습니다.

밥 한 숟갈 먹고 굴비 두 번 쳐다보는 놈이 있으면 떼끼 놈 비싼 굴비 닳을라 꾸중을 해 가며, 굴비 한 점만 꼭 한 점만 맛보았으면 하고 침 흘리는 놈 있으면 참아야 하느니라, 부자가 될 때까지는 참아야 하느니라 살살 달래 가며, 밥 한 숟갈 먹고 굴비 한 번 쳐다보고……. 고린재비는 허구한 날, 끼니마다 구호만을 신나게 외쳤습니다.

울고 보채던 아이들은 차츰 길들여져 굴비만 보면 입에 침이 고여 밥을 잘 넘기게 되고 나중엔 굴비 없이도 고린재비의

구호만 듣고도 저절로 밥이 꿀떡꿀떡 넘어가게 되었습니다.

밥을 잘 먹었기 때문에 아이들은 탈 없이 어른으로 자라고 고린재비는 늙어서 죽었습니다.

고린재비는 반찬값을 아낀 덕에 좋은 논과 좋은 밭을 아들들에게 남겼습니다.

아버지는 돌아가셨겠다, 재산은 넉넉하겠다, 이제 아들들은 먹고 싶은 걸 뭐든지 사 먹을 수 있게 되었습니다. 그러나 먹고 싶은 게 아무것도 없었습니다. 그래서 여전히 저희끼리 구호를 외쳐 가며 밥만 먹고 살았습니다.

큰아들도 아버지의 뒤를 이어 농사를 지었습니다. 농사는 잘됐습니다. 논도 밭도 땅이 좋은 데다가 일기마저 순조로워서 쌀뿐 아니라 잡곡과 채소와 과실까지 풍성하게 거둬들였습니다. 그러나 이상하게도 잘 팔리지가 않았습니다. 아주 안 팔리는 게 아니라 한번 사 간 사람은 다시는 사 가지를 않았을뿐더러 사람들에게 이상한 소문을 퍼뜨리고 다녔습니다.

"겉보기만 번드르르하고 정작 맛도 없는 걸 뭐라는 줄 아나? 그런 걸 개살구라고 하지. 저 집 건 뭐든지 다 개살구라네. 쌀도 잡곡도 오이도 호박도 참외도 수박도 겉보기엔 탐스럽고 먹음직스럽네만 먹어 보면 정작 맛이 빠져 있으니 이런 허망할 데가 어디 있겠나. 모양만 다르지 싱겁디싱거운 게 수박 맛이나 오이 맛이나 호박 맛이나 하나도 다를 게 없으니 그걸 누가 사 먹겠나."

소문은 소문을 낳고 사람들은 모두 뒤에서 손가락질하며 수군대고 비웃었습니다. 세상엔 참 해괴하고 망측한 일도 다 있다고.

그러니 아무리 농사를 잘 지어 놓았으면 뭘 합니까. 팔려야 말이죠.

이 마을에서 가장 나이 지긋한 노인이 이런 망측한 소문을 듣더니 부엉이처럼 지혜로운 얼굴로 말했습니다.

"고린재비네 뒷간에서 나오는 뒷거름은 싱거울 테니 농사가 그렇게 싱겁게 될 수밖에……."

형의 농사짓기를 거들던 둘째는 남들이 사 가지 않는 농사에 싫증을 내고 시골을 떠났습니다. 대처에 나가 소리꾼이 되기 위해서입니다.

둘째는 어릴 적, 굴비 한 번 쳐다보고 밥 한 숟갈 먹기에 길들여질 때 가장 많이 울고 보챘기 때문에 그때 트인 목청으로 소리라면 자신이 있었습니다.

대처로 나간 둘째는 묻고 물어 이름 높은 소리 스승을 찾아뵐 수가 있었습니다. 스승은 둘째의 소리를 시험해 보고 나서 둘째가 기대했던 것보다 더 크게 기뻐했습니다.

남들 같으면 십 년, 이십 년 목청 연습만 하다가 드디어 목구멍에서 피를 토하고 나서야 목청이 트이는 법인데 둘째의 목청은 처음부터 그만큼 트여 있었던 것입니다. 사설과 가락만 익혀 주면 곧장 명창 행세를 할 수 있겠다고 스승은 생각했습니다.

더욱 스승을 기쁘게 한 건, 둘째가 사설과 가락도 남보다 더 수월하게 익혔다는 것입니다.

어느 부잣집에서 큰 잔치가 있어 놀이판을 차리고 명창들을 불러 모았습니다. 명창 중에서도 으뜸인 스승은 둘째를 자신 있게 그곳에 내보냈습니다.

그런데 이게 웬일입니까?

둘째의 소리가 끝나기도 전에 한바탕 놀아 보려고 잔뜩 홍이 나 모여들었던 손님들이 저절로 홍이 빠지면서 어깨를 축 늘어뜨리고 하품을 더럭더럭 하며 흩어졌습니다. 재수 되게 없는 날이라고 투덜대며 뿔뿔이 흩어졌습니다. 맛있는 음식도 향기로운 술도 흩어지는 손님들을 붙잡지 못했습니다.

많은 돈을 들여 오랫동안 잔치를 준비한 부자는 노발대발했습니다. 소리 삯은커녕 야단만 실컷 맞고 둘째와 둘째의 스승은 잔칫집에서 쫓겨났습니다.

스승은 그제야 제자의 소리가 남과 다르다는 걸 알았습니다.

목청도 좋고, 사설이나 가락도 정확했지만 어딘지 텅 빈 소리였습니다. 그건 기쁨과 슬픔, 노여움과 즐거움을 갖춘 사람의 소리가 아니라, 텅 빈 병의 주둥이에 입김을 불어넣어서 나는 소리에 가까웠습니다.

사람들의 홍이 단박에 깨진 것도 이상할 게 없었습니다. 홍은커녕 살맛까지 달아나게 음산한 소리였습니다.

스승은 둘째를 더 이상 제자로 두려 하지 않았습니다.

결국 둘째는 소리꾼 노릇에 실패하고 고향으로 돌아왔습니다.

셋째도 형의 농사를 돕는 데 싫증을 느끼고 집을 떠났습니다. 셋째의 소망은 훌륭한 스승을 만나 그림 공부를 해서 환쟁이가 되는 것이었습니다.

셋째는 굴비 한 번 쳐다보고 밥 한 숟갈 먹기에 길들여질 때 둘째처럼 울고불고 하진 않았습니다. 그 대신 뚫어져라 굴비를 쳐다보고 관찰했습니다. 먹고 싶은 걸 죽자 하고 억누르고 기른 관찰력이기 때문에 아주 대단한 관찰력이었습니다. 그는 그런 관찰력으로 굴비뿐 아니라 눈에 보이는 모든 것을 관찰했고, 그 관찰한 것을 표현해 보고 싶은 욕망에 눈을 뜨기 시작했던 것입니다.

대처로 나간 셋째는 여러 날 수소문 끝에 훌륭한 그림 스승을 만날 수가 있었습니다. 셋째는 스승이 놀랄 만큼 그가 본 모든 것을 실물처럼 정확하게 그려 놓았습니다. 좋은 제자를 만난 스승의 기쁨은 대단했습니다.

스승은 어느 고을 장자로부터 그의 초상화를 그려 달라는 간곡한 부탁을 받았습니다. 스승은 이제 자기는 늙고 병들어 눈은 흐리고 손은 떨린다고 핑계를 대면서 그의 제자를 추천했습니다. 셋째의 그림 솜씨를 사랑한 스승의 자상한 마음씨였습니다.

셋째의 마음은 한껏 부풀었습니다. 그는 장자를 한 번만 만나 보고도 능히 장자와 조금도 틀리지 않게 장자의 초상화를 그릴 수가 있었습니다.

드디어 장자의 화상을 장자에게 바치기로 한 날이 되었습니다. 장자는 물론 장자의 친척, 친구, 마을 사람들까지 장자의 초상화를 보기 위해서 기다리고 있었습니다.

셋째는 자신 있게 그가 그린 초상화를 여러 사람 앞에 내놓았습니다. 사람들은 그 초상화가 장자와 똑같다며 놀랐지만 이내 곧 실망을 하기 시작했습니다.

"세상에 무슨 초상화가 이렇게 가짜처럼 진짜하고 똑같을까."

남을 아무리 헐뜯기 좋아하기로서니 이런 말로 흠을 잡을 수도 있을까요? 셋째는 화가 나고 기가 막혔습니다. 더 기가 막힌 일은 장자의 실망이었습니다.

"이런 고얀 놈 봤나. 이 얼빠진 얼굴이 어떻게 산 사람의 얼굴이랄 수가 있느냐? 이목구비가 좀 삐뚜로 박히든지, 하다못해 하나쯤 빠지더라도 얼은 바로 박혀야 산 사람의 얼굴이랄 수가 있지."

그제야 그림 스승도 제자의 그림이 능숙한데도 뭔가 빠져 있음을 알아차렸습니다. 꽃은 영락없이 꽃처럼 그렸습니다. 꽃술에 꽃가루까지 빼놓지 않고 그렸습니다. 그러나 꽃의 얼을 빼고 그렸기 때문에 그 꽃은 마치 가짜처럼 진짜하고 똑같았습니다.

새는 영락없이 새처럼 그렸습니다. 새털 하나하나 놓치지 않고 다 그렸습니다. 그러나 새의 얼을 빼먹고 그렸기 때문에 그 새는 죽어 있었습니다.

스승은 셋째를 그의 제자 자리에서 내쫓았습니다. 셋째도 고향으로 돌아갈 수밖에 없었습니다.

오랜만에 삼형제가 한자리에 모였습니다. 그들은 한결같이 실패해서 돌아온 것입니다. 그들은 그들이 남보다 어디가 모자라 이렇게 실패한 것일까 열심히 생각해 보았지만 알 수가 없었습니다. 그들은 마침내 그들이 모르는 것을 마을에서 제일 나이 많고 지혜로운 노인에게 물어보기로 했습니다. 노인은 서슴지 않고 말했습니다.

"자네들이 남보다 모자라는 거야 뻔하지 않은가. 그건 자네들이 남들 다 아는 맛을 모른다는 걸세. 지금도 늦지는 않았을 걸세. 그걸 배우게나. 좀 힘이 들겠지만……."

그들이 때늦게 맛을 배우는 모습이 우습고도 눈물겨웠습니다.

"아이고 뜨거워, 아이고 뜨거워" 하면서 매운맛을 봅니다.

"아이고 쓰라려, 아이고 쓰라려" 하면서 짠맛을 봅니다.

"아이고 저려, 아이고 저려" 하면서 신맛을 봅니다.

맛을 배울 때까지 그들의 고생이 이만저만이 아닙니다.